변변찮은 마술강사와 추상일지 6

—메모리 레코드—

Memory records of bastard magic instructor

Memory records of bastard magic
instructor

CONTENTS

제1화 아버지가 보고 계셔 —— 013

제2화 무명의 반전 루미아 —— 059

제3화 꾀병 간병☆대작전 —— 107

제4화 마도탐정 로잘리의 사건부 무모편 —— 153

제5화 불꽃의 계승자 —— 199

후기 —— 298

변변찮은 마술강사와 추상일지 6
—메모리 레코드—

Memory records of bastard magic instructor

히츠지 타로 지음
미시마 쿠로네 일러스트
최승원 옮김

참 나…… 이쪽 세계의 인간은 도무지 이해할 수가 없어.

남루스

Memory records of bastard magic instructor

세리카
아르포네아
알자노 제국 마술학원 교수.
외모는 젊어도 글렌을 길러준
부모이자 마술 스승이기도 한
수수께끼가 많은 여성. 글렌이
엮이면 팔불출이 된다.
리엘
레이포드
제국 궁정 마도사단 특무분실
소속. 루미아의 호위로
마술학원에 편입했지만
어째선지 글렌의 등만 쫓고 있다.
루미아
틴젤
청초하고 마음씨 고운 누구에
게나 사랑받는 인기인. 목숨을
걸고 자신을 구해준 글렌을
일편단심으로 사모하고 있다.
글렌과 시스티나가 싸울 때는
자주 중재 역할을 맡는다.
시스티나
피벨
「강사 킬러」라는 별명을 가진
고지식한 우등생. 글렌의 적당한
태도를 흘려 넘기지 못하고
매번 설교하는 모습은 이미
학원의 명물이 됐을 정도다.

Character
알베르트
프레이저
제국 궁정 마도사단 특무분실
소속. 글렌의 전 동료. 제국에서
손꼽히는 저격수이자, 전투에서
첩보에 이르기까지 수많은
임무를 완수해온 초일류 마도사.
글렌
레이더스
주인공. 알자노 제국 마술학원의
마술을 싫어하는 마술 강사.
만사에 무책임하고 의욕 제로.
마술사로서도 삼류라서 장점은
전혀 없는 셈. 그런 그의 진정한
모습은—?

아버지가 보고 계셔

Father Watchers Over Us

Memory records of bastard magic instructor

"하하하! 이야~ 역시 가족이 최고군!"

그날, 시스티나의 아버지 레너드 피벨은 행복의 절정에 잠겨 있었다.

마도청의 고급관료인 그는 평소에는 아내 필리아나와 함께 제도에서 근무하느라 페지테에 있는 자택을 비울 때가 잦았다.

하지만 오늘은 마침내 일이 일단락된 덕분에 오랜만에 귀가할 수 있었던 것이다.

한 달 만에 집에 온 그를 기다리고 있었던 건 사랑하는 딸들이었다.

친딸 시스티나.

아내 절친의 딸 루미아.

그리고 얼마 전부터 피벨 저택에서 하숙을 시작한 딸들의 친구인 리엘.

피가 이어졌든 아니든 모두가 그에게는 가족이나 다름없었다.

『어서 오세요, 아버지!』

『후훗, 어서 오세요. 아버님.』

『응. 어서 와, 레너드.』

딸들이 현관 앞에서 마중을 나와 준 것을 본 순간, 그간 고

된 업무의 피로가 싹 날아가는 것처럼 느껴지는 게 아닌가.

그 후에는 느긋하게 목욕을 하고 아름다운 아내가 손수 차린 요리로 다 함께 저녁식사를 들었다. 일상 이야기로 꽃을 피운 식후에는 거실에서 부부끼리 오붓하게 와인을 즐겼다.

"음…… 짧지만 이번에도 좋은 휴가가 될 것 같군."

"후훗, 그러게요. 여보."

소파에 앉은 필리아나가 부드럽게 웃으며 옆에 있는 레너드의 유리잔에 와인을 따라주었다.

"맞아! 그러고 보니 내일과 모레는 학교도 쉬는 날이었지? 그럼 내일은 가족이 다 함께 페지테 중앙지구에 다녀오는 건 어떨까!"

한없이 흥이 오른 레너드가 벌떡 일어나더니 그런 제안을 했다.

"음, 그게 좋겠군! 마침 아트렘 극장에서 메리 클라이터 여사의 신작인 화제의 희곡이 공연 중이라는 모양이고, 딸기 타르트가 맛있는 고급 카페도 새로 오픈했다더군! 그리고 거긴 시스티가 좋아하는 대형 책 대여점 『클로즈』도 있지! 분명 즐거운 하루가 될 터!"

"어머, 그거 참 멋진 생각이네요."

"좋아! 지금 이러고 있을 때가 아니야! 바로 애들에게 말하러 가야겠어!"

이렇게 해서 레너드는 맹렬한 기세로 거실을 뛰쳐나왔다.

"아차, 내가 이런 품위 없는 행동을……. 흠, 숨을 헐떡거리면서 갑자기 들이닥쳐서 딸들을 놀라게 할 수는 없지. 여기선 일단 신사적으로……."

하지만 도중에 그런 생각이 든 레너드는 들뜬 기분을 애써 가라앉히며 융단이 깔린 복도를 천천히 걷기 시작했다.

이윽고 시스티나의 방 문이 눈앞에 들어왔다.

지금까지의 경험상 지금 이 안에는 루미아와 리엘도 있을 가능성이 컸다.

"으흠! ……그럼."

물론 문을 냅다 열어젖히지 않고 지극히 신사적으로 노크부터 하려 한 순간—.

"……드디어…… 내일……."

"역시 아버님께는 비밀로 할 거니? 시스티."

문 너머에서 작게 시스티나와 루미아의 목소리가 들려왔다.

"……음?"

레너드의 움직임이 덜컥 멈추었다.

사춘기에 들어선 딸의 대화를 훔쳐듣는 게 신사답지 못한 행동이라는 건 물론 아주 잘 알고 있지만, 대화의 화제가 자신이라는 것을 알게 되자 왠지 신경이 쓰였다.

결국 호기심을 이기지 못한 레너드는 조심스럽게 문에 귀를 가져다댔다.

그러자 딸들의 대화가 한층 더 선명하게 들리기 시작했다.

"응, 물론이지! 내일 일은 아버지한테는 절대로 비밀이야!"

"응, 뭐…… 하긴. 아버님께 들키면…… 좀 그렇겠지."

"부러워. 치사해. 나도 가고 싶어."

"미, 미안해. 리엘. ……하지만 우리가 한꺼번에 집을 비우면 아버지께서 의심하실지도 모르니까…… 내일만 좀 참아주면 안 될까? 모레는 다 같이 다닐 거고 다음에 딸기 타르트도 잔뜩 사줄 테니까."

"응, 알았어."

"내일 잘해, 시스티."

"응, 맡겨줘!"

"……후훗, 맘껏 즐기고 와."

"즈, 즐기기는 무슨…… 난 그냥…… 거기다 섬세함이라곤 눈곱만큼도 없는 그 인간이 상대니까 과연 즐거울지 어떨지는…… 애당초 내가 내일 그 인간이랑 몰래 만나는 이유는……."

"……?!"

마치 나락에 곤두박질 친 것처럼 새파랗게 질린 얼굴의 레너드가 서서히 뒷걸음질을 쳤다.

젊은 시절에는 아내가 종종 어이없어할 정도로 남녀 관계에 어두웠던 그조차 방금 대화가 어떤 의미인지 바로 눈치챌 수 있었다.

'서, 설, 설마…… 시스티가?! 내, 내 귀여운 시스티가…… 근본도 없는 사내놈과 데데데데, 데이트를 한다고오오오!?'

발밑이 소리를 내며 무너지는 것 같은 감각을 느끼는 동시에 몸이 소스라치게 떨리기 시작했다.

그런 레너드의 머릿속을 빠르게 스쳐지나간 것은 어린 시절 시스티나의 천진난만한 미소와 목소리였다.

—아빠! 아빠! 후훗…… 아빠, 사랑해요! 나, 어른이 되면 아빠랑 결혼할래요!

—아빠, 아빠. 같이 목욕해요? 예?

—훌쩍…… 아빠…… 어두운 건 무서워요. 오늘은 같이 자면 안 돼요?

—아빠…….

'우어어어어어어어어어어억! 제기라아아아알! 인정 못 해! 이 아빠 절대로 인정 못 한다아아아아아! 시스티에게 남친은 아직 너무 이르다고오오오오오오오!'

남편이 무시무시한 표정으로 문을 거칠게 열면서 들어오

는 것을 본 필리아나는 고개를 갸웃거릴 수밖에 없었다.

"어머, 여보. 표정이 왜…… 무슨 일 있었나요?"

"피, 필리아나아…… 흐흐, 흐흐흐흐흐! ……정했어. 우리가 내일 뭘 해야 할지를……!"

귀신도 겁에 질려 달아날 것 같은 표정의 레너드는 눈물을 철철 흘리고 있었다. 아마 이 모습을 보고 마도청의 유능한 관료를 떠올릴 수 있는 이는 아무도 없으리라.

그리고 다음날.

마음이 깨끗하게 씻겨 나가는 것처럼 맑은 하늘, 따스한 햇살.

"……."

이제 곧 정오를 맞이할 무렵, 시스티나는 어느 분수 광장 한켠의 벤치에 가지런히 앉은 채 보석 같은 하얀 거품이 부글거리는 연못을 가만히 응시하고 있었다.

현재 그녀는 평소에 즐겨 입는 사복이나 교복 차림이 아닌 고급스러운 블라우스와 치마를 입은 데다 심플한 귀걸이 같은 액세서리로 살짝 꾸민 상태였다.

너무 화려하지도 않고 수수하지도 않은 절묘한 밸런스.

타고난 미모와 누군가를 기다리는 듯한 정숙한 분위기가 상승작용을 일으켜 지나가는 남자들이 저마다 한 번쯤 돌아볼 수밖에 없는 완벽한 숙녀의 모습을 자아내고 있었다.

여자에 익숙한 부잣집 도련님들조차 차마 말을 걸지 못할 정도로 압도적인 매력을 발산하고 있는 것이다.

"우오오오…… 시스티이이이. 어, 어느새 이런 멋진 숙녀로 성장한 거니…… 이 아버진 정말 기쁘구나아아아아~!"

"어머, 이이도 참. 그렇게 몸을 내밀면 시스티한테 들킬지도 모른다구요?"

사실 지금 섣불리 말을 걸거나 헌팅을 시도했다가는 광장으로 이어지는 골목길에서 원견(遠見) 마술로 감시 중인 레너드가 끌고 간 뒤 마술로 불태워버릴 테지만 말이다.

"아니, 하지만 여보! 새삼스럽긴 해도 우리 딸, 진짜 예쁘게 자란 것 같지 않아? 저러면 어느 사교 모임에 나가도 인기 만발이겠어!"

"후훗, 그러게요. 어린애인 줄만 알았는데 어느새 멋진 숙녀가 다 됐어요."

남편의 폭주를 막기 위해 동행한 필리아나도 기쁜 얼굴로 웃었다.

"음! 친아버지인 나조차 무심코 탄식할 정도로 아름답군. ……물론 가장 아름다운 건 당신이지만!"

"어머, 이이도 참."

레너드가 자연스럽게 느끼한 멘트를 날리자 필리아나는 뺨을 붉히며 내숭을 부렸다.

그런 그들을 본 행인들이 쓴웃음을 짓는 것도 모른 채…….

"하지만…… 그래서 더더욱 용서할 수 없군! 저 최고의 보석 같은 내 딸이 아직 어려서 세상에 때묻지 않은 틈을 노리고 꾀어내려고 한 발칙한 놈이 있을 줄은……!"

"으음~ 솔직히 괜한 걱정일 것 같은데요. 우리 딸은 무척 영특한 아이인걸요."

"아니, 꾀어낸 게 분명해! 어차피 어디서 굴러먹다 온 말뼈다귀 같은 놈이 제 분수도 모르고 저 귀엽기 짝이 없는 시스티에게 사심을 품고 접근한 게 뻔해! 오늘은 그 결정적인 순간을 포착해서 아주 작살을 내줄 테다!"

딸에 대한 사랑이 넘치다 못 해 눈이 먼 레너드는 아내의 말을 귀담아 들으려 하지 않았다.

"그건 그렇고…… 대체 어떤 놈이 내 딸을……."

"아, 여보. 시스티가 기다리던 사람이 왔나 봐요."

마침 일종의 성역이 된 시스티나와 그녀의 주위에 아무런 망설임도 없이 들어온 청년이 있었다.

여느 때와 다름없이 후줄근한 셔츠와 바지와 넥타이 차림. 이 성스러운 공간과는 너무나도 거리가 먼 의욕 없는 모습.

"기다렸냐? 하얀 고양이."

"아, 선생님!"

그런 글렌의 등장에 시스티나는 눈을 반짝이며 활짝 핀 꽃처럼 미소 지었다.

"네놈이었냐아아아아아아아아아아아아아아아아!"

그 순간, 레너드는 피눈물을 흘리며 절규할 수밖에 없었다. 무심코 움켜잡은 벽 모퉁이가 소리를 내며 부스러졌다.

만약 글렌이 나타난 것과 동시에 필리아나가 주위에 음성 차단 결계를 펼치지 않았다면 틀림없이 미행한 것을 들키고 말았으리라.

"아하…… 글렌 선생님이셨군요. 뭐, 어느 정도 예상은 했지만요."

"저 쓰레기 강사 자식이이이이이?! 확실히 전에 딸을 잘 부탁한다고 하긴 했지만, 저런 뜻으로 한 말이 아니었거느으으으으을!"

"자자, 여보. 진정 좀 해요."

"애초에 교사와 학생의 연애는 사회윤리상 허락될 수 없거늘! 아무리 시스티가 귀엽다지만, 학생에게 손을 대는 건 결단코……."

"……그러게요, 레너드 선생님. 교사와 학생…… 마치 어디선가 들어본 것 같은 관계 아닌가요?"

"……."

레너드는 입을 다물 수밖에 없었다.

"으음~ 미안. 아무래도 꽤 오래 기다리게 했나 보네?"

"아뇨, 딱히 그렇지도 않아요. 애당초 아직 약속 5분 전인데 오셔서…… 오히려 좀 감탄했는걸요."

"그래? 그럼 다행이다만."

"다행일 리가 있겠냐! 너, 이 자식! 저 애는 기특하게도 이래저래 30분이나 기다렸다고! 귀엽디 귀여운 내 딸을 30분이나 기다리게 하다니! 네놈도 남자라면 3시간 전부터 약속 장소에서 기다리는 성의를 보이라고!"

"그러게요. ……그러고 보니 우리 첫 데이트 때 당신은 아주 성대하게 지각했었죠? 아마 세 시간쯤."

"……."

레너드는 입을 다물 수밖에 없었다.

"오, 너 오늘…… 왠지 멋 좀 부린 것 같다?"

"그, 그런가요? 이 정도쯤은 평범한 거 아닌가요?"

"음? 그래? 여자한테는 그게 평범한 건가? ……난 잘 모르겠군."

"그럴 리가 있겠냐! 시스티가 여기 오기 전에 얼마나 오랫동안 거울 앞에 붙어 있었는지 알기나 해?! 눈치채! 알아서 눈치 좀 채라고! 네놈도 남자라면 칭찬 한 마디쯤 해주란 말이다!"

"그러게요. ……그러고 보니 우리 첫 데이트 때 전 아주 공들여서 치장하고 나왔는데 당신은 전혀 눈치도 못 채고 칭찬 한 마디도 없었는데 말예요."

"……."

레너드는 입을 다물 수밖에 없었다.

"으음…… 그건 그렇고 서, 선생님. ……이 모습 어떤가요?"

"응~? 뭐, 솔직히 엄청 잘 어울리는 것 같다만? 한순간 누군지 못 알아볼 뻔 했는걸? 진심으로."

"예? 그, 그래요? 에헤헤…… 그건 좀 기쁠지도……."

"으아아아아아아아아아아아! 솔직하게 칭찬해주면 해주는 대로 왠지 열 받아!"

"자자, 여보. 진정 좀 해요."

"그건 그렇고 네가 그렇게 입고 온 걸 보니…… 나도 옷을 좀 신경 써서 입고 올걸 그랬나?"

"아, 아니에요! 전혀 신경 쓰실 것 없어요! 선생님은 평소 그대로라도 상관없는걸요!"

"훗! 이제야 네놈의 그 후줄근한 꼬락서니가 맘에 걸리나 보군! 그래, 넌 우리 귀여운 딸내미와 개미 눈곱만큼도 어울리지 않아! 네놈도 남자라면 동행한 여성이 부끄럽지 않도록 복장에 세심한 주의를……."

"그러게요. ……그러고 보니 우리 첫 데이트 때 당신도 글렌 선생님처럼 아무 생각 없이 강사복을 입고 나왔었는데 말예요."

"……."

레너드는 입을 다물 수밖에 없었다.

"애초에 갑자기 이런 무리한 부탁을 드린 건 저인걸요! 그게…… 모처럼의 휴일을 저 때문에 낭비하게 해서 정말 죄송해요."

"뭐, 신경 쓰지 마. 너한테는 여러모로 신세를 지기도 했고. 좀 피곤하긴 해도 귀여운 제자의 부탁인 데다 마침 한가하기도 했으니 오늘은 어울려 주마. ……훗, 고맙게 생각해라?"

"가, 감사합니다! 그럼 어서 가죠, 선생님!"

"저 시 건 방 진 자 식 보 게……? 네가 얼마나 잘났다고 우리 귀여운 딸에게 저런 거만한 소리를……?"

그리고 레너드의 분노는 이미 정점에 도달해 있었다.

"이제 더는 못 참아! 저 벌레 같은 놈은 내가 직접 처리……."

예창(스톡) 주문을 발동한 그의 왼팔에 격렬한 불꽃이 피어올랐고, 그것 이상으로 세차게 이글거리는 눈을 하고 골목에서 뛰쳐나가려 한 순간—.

"후훗, 이이도 참."

우둑! 풀썩.

어느 틈에 뒤로 접근한 필리아나가 마치 갓난아기를 품에 안듯 레너드의 목에 부드럽게 손을 두르더니, 평소처럼 목을 꺾어서 의식을 날려버렸다.

잠시 후, 글렌과 시스티나는 페지테 시내를 나란히 걷고 있었다.

"그래서 리엘이……."

"하하하, 그 녀석은 여전하구만."

시스티나는 글렌 옆에서 일상 이야기를 하며 즐거워하고 있었다.

"으그그그…… 저 살짝 좋은 분위기는 대체 뭐야! 에잇, 저 마술 강사 자식! 시스티한테 붙지 마! 좀 떨어지라고!"

"자자, 여보. 진정 좀 해요."

한편, 레너드와 필리아나는 여전히 그런 둘을 미행하는 중이었다.

이윽고 글렌과 시스티나는 중앙구의 선라이트 3번가에 있는 레스토랑 앞에 도착했다.

건물 안팎으로 고급 느낌이 나는 중상류층 취향의 세련된 가게였다.

"오, 여기가 그 가게야?"

하지만 글렌은 딱히 주눅 든 기색 없이 가게의 간판을 올려다보고 물었다.

"예, 여기로 정할까 싶은데⋯⋯ 선생님께서 보시기엔 어떠세요?"

"뭐, 괜찮지 않을까? 일단 들어가 보자고. 자."

그리고 시스티나에게 손을 내밀었다.

"⋯⋯!"

"⋯⋯이런 느낌의 가게에선 에스코트가 필요하잖아?"

글렌은 당황하는 시스티나에게 별것 아니라는 듯 말했다.

"아, 저기, 그게⋯⋯."

"나도 그 정도 눈치는 있어."

예상치 못한 기습에 시스티나는 눈을 동그랗게 뜬 채 잠시 글렌의 손을 빤히 내려다보았다.

"정말이지⋯⋯ 평소에도 이렇게 신사적이면 얼마나 좋아요?"

하지만 이윽고 뺨을 살짝 붉히더니 태연한 척을 하며 조심스럽게 그 손을 잡았다.

그렇게 두 남녀는 가게 안으로 들어갔다.

"저놈 자식이이이이이이이이?!"

뒤에서 그 모습을 지켜보던 레너드는 오열할 수밖에 없었다.

"뭐가 에스코트야! 그냥 적당한 이유를 대고 시스티의 손을 잡고 싶었던 것뿐이면서!"

"이이도 참…… 그렇다고 에스코트를 안 해줬으면 안 해줬다고 화냈을 거잖아요?"

"당연하지!"

"……솔직하기도 하셔라."

필리아나는 부드럽게 웃으며 말했다.

"자, 우리도 그만 들어가 보죠. 저도 에스코트 부탁해요, 여보♪"

"으으으으으으으으음……!"

그리고 두 사람도 글렌과 시스티나의 뒤를 따라 가게 안으로 들어갔다.

고급스러운 가게 안은 점심식사와 담화를 즐기는 신사숙녀들로 가득했다.

종업원에게 안내를 받은 글렌과 시스티나는 구석에 있는 자리에 앉았고 레너드와 필리아나는 들키지 않도록 일부러 멀리 떨어진 자리에 앉았다.

예약한 시점에서 이미 주문해둔 건지 바로 요리가 나오기 시작했다.

전채는 살라미와 생햄이 든 그린 샐러드.

글렌과 시스티나는 테이블 매너를 지키면서 요리를 들기 시작했다.

"……의외로 테이블 매너를 잘 지키시네요? 솔직히 전 이것 때문에 선생님께 잔소리를 해야 할 각오를 했었는데……."

"……군 시절에 사교 모임에 잠입해야 하는 임무 때문에 동료한테 억지로 배웠거든. 나도 맘만 먹으면 이 정도쯤은 할 줄 알아."

"후훗…… 조금 다시 봤어요. 평소에는 되는대로 사는 것 같은 선생님도 훌륭한 신사셨네요!"

시스티나는 살포시 미소 지었다.

"속지 마라, 시스티이이이이이이이이이이!"

그때 원청(遠聽) 마술로 둘의 대화를 훔쳐듣던 레너드가 절규했다.

마침 필리아나가 테이블 주위에 음성 차단 결계를 펼치지 않았다면 틀림없이 주위의 이목을 모았으리라.

"그건 양아치가 가끔 착한 일을 하면 엄청 좋은 사람처럼 보이는 거랑 똑같은 거라고오오오오! 눈을 떠어어어어어!"

"자자, 여보. 진정…… 어머, 이 샐러드 참 맛있네요."

필리아나는 소란스러운 남편과는 반대로 방긋방긋 웃으며 나이프와 포크를 써서 기품 있게 전채를 들기 시작했다.

"그런데 선생님. ……여기 요리는 어떤가요? 입맛에 맞으세요?"

"응, 맛있네. 역시 넌 센스가 훌륭해! 자랑스러워해도 좋아!"
"정말요?! 에헤헤……."

"저놈 자식이이이이?! 그렇게 대충 적당히 치켜세워줘서 점수를 벌 속셈이겠지! 이 비열한 놈! 네놈도 남자라면 네 의견을 똑바로 말하지 못할까아아아아아아!"
"자자, 여보. 진정 좀 해요."

"그건 그렇고…… 요리는 확실히 맛있긴 한데…… 코스 선택에 좀 문제가 있지 않을까?"
"예? 그, 그런가요?"
"응. 이 코스, 네가 고른 거지? 음~ 나도 자세히는 모르지만…… 남자보단 조금 여자 취향에 가까운 거 같아서."
"아…… 듣고 보니 그럴지도."
"솔직히 남자인 내 배를 채우기엔 아주 사~알짝 모자란 감이 있거든."

"저 놈 자식이이이이?! 어디서 감히 내 딸의 센스에 지적질이야! 네놈도 남자라면 자기 의견을 굽히고 여자 쪽을 치켜세워주라고오오오오오!"
"자자, 여보. 진정 좀 해요. 그리고 조금 전에 한 말이랑 완전히 모순되거든요?"

"아, 맞아. 하얀 고양이. 한 병만 추가로 주문해도 될까?"

글렌이 씨익 웃으며 제안했다.

"한 병이라니…… 뭘요?"

"술 말야, 술. 맛있기로 유명한 이 가게의 와인. 너도 한 잔 어때?"

"예에에에에?! 저, 저는 아직……."

"열다섯 살이지? 법적으로는 아무 문제도 없잖아."

"그, 그, 그치만……."

"그리고 이런 가게에서 추천하는 와인을 맛보는 것도 너에겐 나름 유익한 경험이 되지 않을까?"

"그, 그건 그럴지도 모르지만…… 으, 으으~."

"저놈 자식이이이이?! 내켜하지 않는 여자에게 억지로 술을 권하다니이이이이이이?!"

당연히 레너드는 분통을 터트렸다.

"자자, 여보. 진정 좀 해요."

"저걸 보고 대체 어떻게 진정하라는 거야! 옳거니, 이제야 저놈의 속셈을 알겠군! 저놈은 시스티를 취하게 해서 판단력이 떨어진 틈을 노리고 그렇고 그런 호텔로 데려갈 생각인 거겠지! 그래……."

"자자, 여보. 진정……."

"……과거에 내가 당신에게 그랬던 것처럼!"

레너드가 악귀 같은 표정으로 그렇게 절규한 순간이었다.

"……."

필리아나는 웃는 얼굴 그대로 입을 다물어 버렸다.

"……아."

어딘지 모르게 섬뜩한 그 미소를 본 레너드의 표정이 단숨에 얼어붙었다.

"아, 그게…… 뭐랄까. 필리아나…… 바, 방금 그건…… 그러니까……."

"여보? ……흐응~? 그랬군요. 우리가 젊었을 적 그날 당신은…… 처음부터 그런 속셈이었던 건가요?"

필리아나는 웃는 얼굴 그대로 불가사의한 위압감을 내뿜기 시작했다.

"그랬던 거군요. 흐응~? 당신은 그런 사람이었던 건가요?"

"히이이이익?! 죄죄죄죄, 죄송합니다아아아! 다, 당신이 너무 귀엽다 보니 그때의 난 도저히 참을 수가 없어서……!"

레너드는 남들이 보는 것도 신경 쓰지 않고 그대로 아내의 발밑에 넙죽 엎드려서 사과했다.

"……풋! 쿡쿡……."

하지만 필리아나는 난데없이 웃음을 터트렸다.

"……피, 필리아나?"

"아하하, 싫다 정말. 이이도 참. 그렇게 당황할 것 없다구요. 당시에도 전 이미 다 알고 있었는걸요?"

"……뭐?"

"원래 당신에게 먼저 다가선 것도 제 쪽이었고…… 그땐 이미 서로 사랑하는 사이였으니까…… 전 다 알면서도 당신에게 잡아먹힌 거랍니다."

그리고 뺨을 붉힌 뒤 행복한 얼굴로 레너드의 귓가에 「귀족 영애로선 실격이겠지만요」라고 속삭였다.

"필리아나……."

"여보……."

그리고 잠시 서로를 응시한 후—.

"우오오오오! 사랑해애애애애애!"

"……저도요, 여보."

주위에서 다들 쳐다보는 것도 아랑곳없이 뜨거운 포옹을 나누었다.

"……거 누군지는 모르겠는데 대낮부터 참 뜨겁기도 하셔라."

'으음~ 여기선 멀어서 자세히는 안 보이지만…… 저 키와 체격은…… 서, 설마 아니겠지?'

참고로 글렌과 시스티나는 어이없는 눈으로 그런 두 사람을 바라보고 있었다.

결국 시스티나는 술은 아직 이르다며 극구 사양했고 글렌도 억지로 권하지는 않았다.

그리고 식후에는 둘이서 중앙구 7번가에 있는 신사복 매장에 들렀다.

"저기요, 선생님! 선생님이 보시기엔 어느 쪽이 더 나은 것 같나요?"

시스티나는 자신이 고른 넥타이를 계속해서 글렌에게 보여주었다.

"아앙? 네가 고른 거면 아무거나 상관없지 않을까?"

하지만 글렌은 쳐다보지도 않고 하품을 하며 건성으로 대답했다.

"나 참! 진지하게 대답해 주시라구요! 전 진지하게 고른 건데!"

그 태도에 섭섭함을 느낀 시스티나가 뺨을 부풀리며 항의했다.

"정말이지! 진짜 하나도 도움이 안 된다니까!"

"윽…… 미안."

"전 좀 더 찾아볼 테니까 선생님도 혹시 맘에 든 게 있으시면 저한테 꼭 보여주셔야 해요?"

"……그래, 그래."

"아, 그런데 선생님…… 이건 어떨까요?"

마침 고급스러운 넥타이를 발견한 시스티나가 그것을 손에 들고 다가와 글렌의 목에 시험 삼아 둘러보았다.

그 모습은 마치 새댁이 새신랑을 대하는 것 같았다.

"응! 이거 꽤 괜찮지 않나요? 그렇죠?"

"음~ 색이랑 형태는 합격 아닐까? 문제는 조합인데……."

"후훗, 하긴 지금 입고 계신 옷이랑은 안 어울릴지도…… 아."

"응? 왜?"

"아, 아무것도 아니에요!"

넥타이에 정신이 팔려 있던 시스티나는 그제야 글렌과 얼굴이 가깝다는 것을 눈치챘는지 뺨을 살짝 붉히고 황급히 거리를 벌렸다.

"으그그그! 선물이라니! 저 자식의 새 넥타이를 시스티가 골라주는 부러운 이벤트라니! 빌어먹그으으으을!"

그리고 레너드 & 필리아나는 당연히 그런 두 사람을 훔쳐보고 있었다.

"그립네요. 저도 자주 저렇게 당신의 넥타이를 사서 선물했었는데 말예요."

"훗, 당신의 센스는 늘 최고였지. ……그보다 지금은 제길…… 저 쓰레기 강사 놈, 예상보다 본색을 드러내질 않는군. 만약 저 자식이 내 딸에게 불순한 행동거지를 보였으면 그 자리에서 당장 불태워버렸을 텐데! 아니, 오히려 할 거면 빨리 하라고! 그럼 이쪽도 사양하지 않고 불태워버릴 테니까! 자, 너도 사나이라면 어서 남자답게 저질러 보시지!"

"이이도 참."

필리아나는 아까부터 너무 흥분한 나머지 언동이 지리멸렬해진 남편을 보고 쓴웃음을 감추지 못했다.

"글렌 선생님이 약간 남다른 면이 있긴 해도 그런 짓을 할 분이 아닌 건 요전 수업 참관을 통해 잘 알게 됐잖아요? 슬슬 우리도 과보호는 삼가는 편이……."

"아니, 아직 방심할 수는 없어! 남자는 전부 짐승이니까! 이건 경험에서 우러나온 판단이라고! 실제로 과거의 난 사랑하는 당신을 앞에 두고 참지 못했으니까!"

"쿡…… 이이도 참."

필리아나는 내심 기뻐 보였다.

"에잇, 사실은 시스티도 이런 데이트 따윈 하고 싶지 않았던 게 분명해! 하지만 저 자식이 교사라는 지위를 이용해서 억지로 요구한 탓에 어쩔 수 없이 딱 하루만 시간을 내준 거겠지! 맞아, 틀림없어!"

"그치만…… 아까 들은 대로라면 먼저 데이트를 권한 건 시스티 쪽 아닌가요?"

"윽…… 그, 그건…… 그럴지도 모르지만……."

레너드는 어디까지나 그 사실을 절대로 인정하고 싶지 않은 모양이었다.

"이이도 참…… 이러다 언제 애들한테서 졸업하려는지…… 그렇게 걱정되면 제대로 확인해보는 건 어떤가요?"

그러자 필리아나가 제안했다.

"……음? 확인?"

"예, 시스티의 마음을요."

그리고 남편에게 살포시 미소 지었다.

"음~ 뭐가 좋을까…… 고민되네."

시스티나는 진지한 표정으로 혼자 넥타이를 찾고 있었다.

이미 질려서 이탈한 글렌은 아마 지금쯤 넓은 가게 안을 이리저리 돌아다니고 있으리라.

"정말이지…… 선생님이 옆에 안 계시면 의미가 없는데……."

시스티나가 이 자리에 없는 글렌에 대한 불만을 토해낸 순간이었다.

"안녕하십니까, 손님."

풍성한 수염에 알이 굵은 안경을 쓴 신사가 말을 걸어왔다. 이 가게의 제복인 연미복 차림에 가슴에는 명찰을 달고 있는 것으로 봐선 아무래도 직원인 것 같았다.

"혹시 찾는 물건이라도 있으신지요."

"아, 그게…… 남자에게 선물할 넥타이를 고르는 중인데…… 이 가게의 상품은 하나 같이 좋은 물건들뿐이라 뭘 사야 좋을지 좀 고민돼서요."

"호, 호오……. 역시 남자에게 줄 선물을……."

직원의 표정이 한순간 굳었지만 시스티나는 눈치채지 못

했다.

"실례지만…… 그 남성분이 손님께 어떤 존재인지 알려주실 수 있겠습니까?"

"예?"

"선물할 상대에 따라 추천할 상품도 다를 테니 말입니다."

"……아, 그렇군요."

시스티나는 갸름한 턱에 손가락을 대고 생각을 정리하듯 잠시 천장을 올려다보았다.

"역시…… 저에겐, 무척 소중한 사람, 이겠네요. 죄송해요. 도저히 한 마디로는 표현할 수 없을 것 같아요."

"커허어어어어억! 쿨럭! 콜록! 커헉!"

그러자 갑자기 직원이 성대한 기침을 토하기 시작했다.

"지, 직원 아저씨?! 괘, 괜찮으세요?!"

"아, 예! 괘, 괜찮습니다! 잠시 지병이 발작한 것뿐이라……."

하지만 그렇게 대답한 직원의 안색은 누가 봐도 심각했다.

"그, 그보다…… 소중한 사람, 입니까? 혹시 손님의 일시적인 착각이나 지레짐작이 아니라……?"

"예? 아하하, 말도 안 돼요. 그 사람은 언제나 늘 제 버팀목이 되어주고 절 지켜준…… 세상에 둘도 없는 분인걸요."

"으, 으그그그……."

구김살 없는 시스티나의 미소를 본 직원은 부들부들 떨면서 입을 다물 수밖에 없었다.

"고작 이런 선물로 제가 지금까지 받아온 은혜를 갚을 수 있을 거라고 생각하는 건 아니에요. 그래도…… 가끔은 이런 식으로라도 감사의 마음을 전하고 싶어서……."

"그그그그러셨군요……. 그그그렇다면……."

그러자 직원은 옆에 있는 진열대에서 적당한 넥타이 하나를 꺼내 들었다.

"그, 그 남성분께 드릴 선물로 이런 건 어떻습니까!"

"예?"

참고로 그것은 황금색 바탕에 온갖 보석으로 치장이 된, 누가 봐도 천박한 졸부 취향의 넥타이였다.

"분명 아주 자~알 어울리실 겁니다. ……킄킄킄."

"아, 아뇨. 그건 아무래도 좀……. 아니, 애초에 어떤 기준으로 그런 걸……"

"아니면! 이쪽은 어떻습니까!"

시스티나가 기겁하자 직원은 다른 넥타이를 내밀었다.

참고로 그것은 승천하는 용무늬에 『夜露死苦』[#1]라는 동방 한자가 자수로 새겨진, 누가 봐도 질 나쁜 마피아나 좋아할 법한 악취미적인 넥타이였다.

"예, 예에……?"

"이거라면 틀림없이 그놈에게 잘 어울릴 겁니다! 아니, 그 자식에겐 이런 천박한 넥타이이면 충분해! 만약 놈이 네가 진심

#1 『夜露死苦』 일본어의 「잘 부탁해」와 발음이 같은 것을 이용한 일종의 언어유희.

을 담아 선물한 넥타이를 받지 않는다면 이 몸이 용서 못……!"
직원이 이상할 정도로 흥분하며 설득하려 든 그때였다.
우득!
어느 틈에 그 뒤에서 나타난 풍만한 체형의 중년 여자 직원이 단숨에 그의 목을 꺾어서 침묵시켰다.
"……실례했습니다. 그 남성분께 드릴 선물은 아무쪼록 천천히 골라주세요."
"아, 예에……."
시스티나가 어안이 벙벙한 얼굴로 대답하자 여자 직원은 기절한 남자 직원의 목깃을 잡고 질질 끌면서 가게 안쪽으로 떠나갔다.
"……응? 뭐야? 무슨 일 있었어?"
그때 마침 가게를 한 바퀴 돈 글렌이 옆으로 다가왔다.
"아니, 그게…… 저 사람들…… 제가 아는 사람이랑 왠지 분위기가 비슷한 느낌이…… 으음~ 누구였지?"
시스티나는 고개를 갸웃거리며 떠나가는 직원들을 응시했다.

"이이도 참……."
"으으음…… 미안. 나, 나도 모르게 그만……."
변신 마술을 풀고 원래 모습으로 돌아온 필리아나와 레너드는 다시 시스티나와 글렌의 미행을 개시했다.
"그건 그렇고…… 당신이 기절한 사이에 시스티는 역시 넥타이를 하나 산 모양이에요. 글렌 선생님의 의견을 참고해서요."

"흐응? 아, 그래? ……그래서 저 마술강사 놈한테 언제 줄 건지는 들었어? 저놈의 생일날? 아니면 사귀기 시작한 기념일? 제길, 속이 뒤집혀서 참을 수가 없군!"

"자자, 애처럼 삐지지 말구요."

레너드가 기분이 상한 걸 숨기려 하지도 않자 필리아나는 쓴웃음을 흘렸다.

"아무튼! 우리는 이대로 감시를 계속하도록 하지! 이대로 내버려두면 저놈 자식은 반드시 시스티에게 추잡한 본성을 드러낼……."

"여보……. 저길 좀 봐요."

그러자 필리아나는 평소보다 진지한 목소리와 표정으로 뒤를 가리켰다.

"……."

레너드가 그쪽을 돌아봤다.

"하하하, 알았다. 그건 다음 수업 때 다뤄볼게."

"정말요?! 와, 저 엄청 기대되는 거 있죠?! 잘 부탁드릴게요, 선생님!"

레너드의 눈으로 본 시스티나는 가끔 글렌과 말다툼을 벌일 때도 있었지만 그래도 역시 즐거워보였다.

어딘지 모르게 열기를 띤 시선과 표정.

그것은 레너드가 여지껏 한 번도 본 적 없는 딸의 모습이었다.

"……."

레너드는 조금 쓸쓸한 표정으로 잠시 그들을 멀리서 지켜보았다.

나란히 걷는 두 사람의 뒷모습에서 예전의 자신과 아내가 강렬하게 겹쳐 보였다.

"시스티도…… 아니, 시스티뿐만 아니라 루미아와 리엘도…… 언젠가 우리 품을 벗어나게 될 날이 오겠죠."

"……."

"우리의 역할은 그날이 올 때까지 저 아이들의 뒷바라지를 하면서 때로는 바른 길을 제시하고, 때로는 따스하게 믿고 지켜봐주는 것…… 당신과 제 부모님이, 그리고 조상님들도…… 이 기나긴 역사 속에서 항상 그렇게 해왔던 것처럼요. 당신도 사실은 알고 있잖아요?"

레너드는 잠시 입을 다문 채 시스티나와 글렌의 모습을 멀리서 지켜보았다.

"……필리아나."

"예, 여보."

"미안하지만…… 마지막으로 내 고집을 하나만 들어줄 수 없을까? 꼭 좀 부탁해."

"……예."

남편의 간절한 부탁에 필리아나는 부드럽게 웃으며 고개를 끄덕였다.

그 후 글렌과 시스티나는 아트렘 극장에서 화제의 신작을 함께 감상했다.

40년 전의 봉신전쟁(封神戰爭)을 무대로 실존했던 수많은 영걸이 절대로 양보할 수 없는 가치를 두고 싸우는 군상극 스타일의 영웅담이었다. 역사적 고증에 충실한 완벽한 스토리라인과 묘사에 감동한 시스티나는 같은 창작자로서 이 작품의 작가를 (일방적으로) 라이벌로 인정했다.

'신예 인기작가 메리 클라이터…… 내가 언젠가 당신을 뛰어넘고 말겠어!'

그리고 공연이 끝나고 밖으로 나오자 날은 이미 어두워져 있었다.

"어째 눈 깜짝할 사이에 끝난 것 같구만."

"……그야 선생님께선 주무셨으니까 그렇죠."

시스티나는 토라진 얼굴로 옆에 선 글렌에게 투덜거렸다.

"그, 그러게 말했잖아! 난 연극엔 전혀 관심 없다고!"

"아무리 그래도 정도란 게 있잖아요!"

"아, 음! 그건 그렇고! 네가 보기에 이 공연은 어땧디? 괜찮았어?"

"예, 완벽했어요. 이 수준이라면 전혀 문제없을 거예요."

"그래? 그럼 잘됐네!"

"……정말이지, 말 돌리기는 선수급이라니까."

두 사람은 그렇게 잡담을 나누며 걸었다.

"……?!"

하지만 글렌이 곧 뭔가를 눈치채고 걸음을 멈추었다. 대로변인데도 어느새 주위에 아무도 없었던 것이다.

이건 명백한 이상 사태였다.

'인식 차단 결계…… 대체 누가?'

"서, 선생님……?"

시스티나도 뒤늦게 상황을 깨닫고 불안한 눈으로 글렌을 올려다보았다.

"아무튼 내 옆에서 떨어지지 마."

글렌이 날카로운 눈으로 주위를 경계하며 그렇게 경고한 순간—.

"《잠의 신의 품에 안겨라》."

백마(白魔) 【슬립 사운드】의 한 소절 영창이 주위로 울려 퍼지더니 수면 유도파가 공간을 타고 두 사람을 엄습했다.

"앗! 하얀 고양이! 조심……!"

"예?! 아……."

제국군 출신답게 실전 경험이 풍부한 글렌은 이 돌발 상황에서도 정신 방어로 저항에 성공했지만, 경험이 적은 시스티나는 저항에 실패해서 그 자리에 힘없이 주저앉더니 기절하듯 잠들었다.

"대체 누구야! 얼른 튀어나와!"

『……말하지 않아도 그럴 생각이었다.』

그러자 앞쪽의 어두운 골목길에서 기묘한 모습의 남자가 소리도 없이 등장했다.

하얀 가면을 쓰고 검은 망토를 걸친 괴인이었다. 그리고 명백히 마술로 변조한 티가 나는 무기질적인 가성이 괴인의 으스스한 분위기를 한층 더 강조하는 듯했다.

"누구냐, 넌!"

『그 소녀는…… 시스티나 피벨이겠지? 그녀를 이쪽으로 넘겨라. 마도의 명문 피벨 가문의 후계자에게는 이용 가치가 있지.』

"너, 이 자식…… 대체 어디서 보낸 놈이지? 하늘의 지혜…… 아니, 그쪽은 아니군."

『너와는 관계없는 일이다.』

괴인은 망토를 펄럭이며 대답을 거부했다.

"하! 너처럼 딱 봐도 수상한 놈의 요구를 들어줄 멍청이가 어디 있겠어!"

그러자 글렌은 망설임 없이 땅을 박차며 괴인을 향해 일직선으로 돌진했다.

동시에 품속에서 광대의 아르카나를 꺼내 자신을 중심으로 일정 범위 안의 마술 발동을 완전히 봉쇄하는 고유마술(오리지널)【광대의 세계】를 발동했다.

'조금 전의【슬립 사운드】…… 평범한 한 소절 영창으로 그만한 위력을 낸 걸로 봐선 저 자식은 틀림없는 초일류 마술사야! 마술로 싸우는 건 이쪽이 불리해!'

그렇다면 마술을 봉인하고 격투전으로 유도하면 될 뿐.

재빠르게 그런 판단을 내린 글렌은 주먹을 굳게 쥐고 괴인에게 접근했다.

"앗?!"

하지만 거의 사정거리에 들어오기 직전에 놀라서 눈을 부릅떴다.

괴인이 왼팔을 휘두르는 동시에 압도적인 기세의 불꽃이 자신을 향해 사납게 날아들었기 때문이다.

"말도 안 돼! 어떻게 마술을?!"

글렌이 반사적으로 옆으로 몸을 날려서 피하자 그 자리에 불꽃이 작렬했다.

이어서 불꽃이 연거푸 날아왔지만 몸을 데굴데굴 굴려서 간신히 화를 면했다.

"젠, 장!"

크게 뒤로 뛰어서 거리를 벌린 글렌은 짜증스럽게 이를 악물었다.

"너, 그 반지는……!"

그리고 괴인이 왼손에 낀 네 개의 반지를 노려보았다. 언뜻 봐도 강력한 마력이 흘러넘치는 저것은 명백한 마도기였다.

방금 전투를 통해 글렌은 저것이 『영창 주문의 보존 장치』라는 것을 간파했다. 아마 일시적으로 저장한 주문을 영창 없이 즉시 발동할 수 있게 해주는 도구일 터.

또한 이미 발동 중이라 【광대의 세계】가 통하지 않았던 것이리라.

『크크크, 이 반지형 마도기가 신경 쓰이나? 이건 내 자신작이다.』

괴인은 당황하는 그를 보고 낮게 비웃었다.

하지만 그 말을 들은 순간, 글렌은 등에 소름이 돋는 것을 느꼈다. 저런 강력한 기능을 지닌 마도기를 직접 만들 수 있다는 것은 그만큼 마술사로서의 격차가 어마어마하다는 뜻이나 다름없었기 때문이다.

『너 같은 타입에게는 특히 효과적이겠지? 게다가 넌 잘못된 판단으로 자신의 마술까지 봉인하고 말았군.』

"크, 내 정보도 이미 조사해둔 거냐…… 빌어먹을!"

『자, 그럼 이제 너에겐 승산이 전혀 없다는 것을 알았을 테니 다시 말하지.』

괴인은 잠이 든 시스티나를 가리키며 말했다.

『그 소녀…… 시스티나 피벨을 두고 떠나도록. 원래대로라면 목격자는 남김없이 지워야겠지만, 얌전히 떠난다면 네 목숨만은 살려주지. ……물론 그녀의 목숨은 보장할 수 없다만.』

"……?!"

『그리고 만에 하나라도 그녀를 데리고 도망치겠다는 물러터진 생각은 버리도록. 미리 말해두지만, 난 강하다. ……적어도 지금의 네 힘으로 감당할 수 없을 만큼. 너에게 허락된 선택지는 그녀를 버리고 사느냐, 아니면 여기서 죽느냐 뿐…… 자, 어쩔 거지?』

그렇게 말을 마친 괴인은 온몸에서 어마어마한 살기와 위압감을 내뿜기 시작했다.

죽음.

여기서 거부하면 자신은 틀림없이 죽게 되리라.

그런 압도적이고 치명적인 예감이 든 순간, 온몸에서 대량의 식은땀이 흘러나왔다.

"하! ……개소리 집어치워."

하지만 그래도 글렌은 주먹을 세워들고 전의를 불태웠다.

"난…… 이 녀석의 선생이야. 학생을 두고 떠나라는 요구에 예, 알겠습니다 하고 꼬리를 말고 도망칠 수는 없다고!"

『……흥. 그럼 넌 죽어도 상관없다는 건가?』

"어디 해보시지! 나중에 우는 소리나 하지 마!"

말투는 기세등등했지만 글렌은 내심 절망감에 사로잡혔다.

자신보다 강할 거라는 괴인의 말이 결코 거짓이 아니라는 것을 머리가 아니라 영혼으로 이해했기 때문이었다.

분명히 자신에게는 승산이 없었다.

'그래도 싸울 수밖에 없어! 치명상을 각오하고 저 자식의 품속에 파고들어서 확실히 숨통을 끊어놓는 거야! 어떻게든 저놈만큼은 처리해야 해! 하얀 고양이를 지킬 방법은…… 그것밖에 없으니까! 제길!'

조금 전까지만 해도 화기애애한 주말이었을 텐데 대체 왜 이런 상황이 벌어진 것일까.

느닷없이 나타난 불합리한 재앙 앞에서 글렌이 비장한 각오를 굳히며 신중하게 기회를 살핀 순간—.

『……정말 짜증나는 놈이군.』

갑자기 괴인이 예상치 못한 말을 중얼거렸다.

"……어?"

『그런 부분까지 나와 똑같다니…… 제길! 제길! 제길!』

그리고 어안이 벙벙한 글렌 앞에서 애처럼 발을 동동 구르기 시작했다.

압도적인 살기와 위압감은 이미 어디론가 사라진 뒤였다.

"자자, 여보. 진정해요. 당신도 글렌 선생님이라면 이렇게 나오실 거라고 어렴풋이 예상했잖아요?"

그러자 옆 길목에서 온화한 목소리와 함께 한 여성이 모습을 드러냈다.

"아무튼 글렌 선생님은 젊은 시절의 당신과 판박이인걸요."

"어, 어라? 당신은 분명…… 하얀 고양이의 어머님?"

"예, 오랜만이에요. 선생님."

그 여성, 필리아나는 글렌을 향해 우아하게 목례했다.

"그, 그럼 저 괴인은……."

『……흥.』

그러자 괴인도 가면과 망토를 재빨리 벗어던졌다.

"……딸이 늘 신세를 지고 있는 것 같군. 글렌 선생."

괴인의 정체는 딱 봐도 심통이 난 얼굴의 레너드였다.

"저, 정말이지! 대체 무슨 생각으로 이런 짓을 저지르신 거죠?! 최악이에요!"

"읏, 미안하구나~ 시스티~."

잠에서 깬 시스티나는 사정을 듣자마자 당연히 마구 화를 내기 시작했고 레너드는 눈물을 글썽이며 딸에게 사과했다.

"흐, 흐음…… 그랬군요. 방금 그 연극은…… 옛날에 필리아나 씨의 부모님께서 레너드 씨에게 내린 시련이었다는 겁까……."

"후훗, 예. 남편이 정말 저에게 어울리는 남자일지 시험해 보시겠다면서요."

"이래서 귀족이란 것들은……."

눈을 게슴츠레하게 뜬 글렌은 어이가 없어서 투덜거렸다.

"당시의 남편도 조금 전의 선생님처럼 절 지키기 위해 필사적으로 승산 없는 싸움에 나서려고 했답니다. 후훗, 전 그걸 보고 다시 한 번 남편에게 반해버렸었죠."

하지만 필리아나는 기쁜 얼굴로 남편 자랑을 시작했다.

"하아…… 그러심까. ……응? 그런데 왜 하필 저한테 그 시련을……."

글렌이 고개를 갸웃거린 그때—.

"……글렌 선생."

딸의 마음을 돌리는 것을 포기한 레너드가 진지한 표정으로 그를 마주보았다.

"오늘 하루 자네들의 모습을 계속 지켜보았네."

"예?!"

"……내가 졌네. 아무래도 자네는…… 시스티나의 반려가 되기에 부족함이 없는 사내……일지도 모르겠군."

"……예? 반려어?!"

"시스티나는 아직 학생이니 결혼을 인정해줄 수는 없네만…… 앞으로도 아무쪼록 딸을 잘 부탁하네."

어딘지 모르게 쓸쓸한 표정의 레너드가 그래도 의연한 태도로 글렌을 향해 고개를 숙였다.

"저, 저기요. 아버지. 지금 무슨 말씀을 하시는지 전 도무지 이해가 안 가거든요?"

그것을 본 시스티나가 뺨에 경련을 일으키며 레너드의 옆구리를 찔렀다.

"반려가 되기에 부족함이 없다? 결혼? 잘 부탁? 대, 대체 무슨 뜻으로 그런 말씀을……."

"음? 너야말로 대체 무슨 소릴 하는 거냐. 너희는 사귀는 사이잖아?"

"……."

그 말을 들은 순간, 시스티나는 마치 석상처럼 굳어버렸다.

"예에에에에에?! 이, 이야기가 왜 그렇게 되는 건데요!"

하지만 이윽고 새된 목소리로 비명을 터트렸다.

"제, 제, 제가 선생님과 사귄다니, 말도 안……."

"말도 안 되긴 뭐가 안 돼! 실제로 오늘 하루 이 남자와 데이트를 즐겼으면서!"

"예에에에에?! 아니, 잠깐만요. 아버지. 이건 데이트가 아니라……."

"함께 식사도 하고, 이 자식에게 줄 선물도 사고, 같이 연극도 감상하면서…… 종일…… 즐겁고도…… 행복한 표정으로…… 훌쩍, 흑…… 으허어어어어엉!"

말을 하는 사이에 다시 슬픔이 복받쳤는지 레너드는 하늘을 향해 울음을 터트렸다.

"……야, 하얀 고양이. 너…… 아무 말씀도 안 드렸던 거냐?"

"그치만…… 당일까진 비밀로 할 생각이었는걸요."

글렌이 급격히 피곤해진 얼굴로 묻자 시스티나는 한숨을 내쉴 수밖에 없었다.

"……이렇게 된 이상 어쩔 수 없겠네요."

그리고 숄더백에서 뭔가를 꺼내 레너드에게 내밀었다.

"아직 하루 이르지만…… 생일 축하드려요. 아버지."

"으허어어어어어……엉?"

레너드는 눈물로 젖은 눈을 깜빡이며 깔끔하게 포장된 넥타이를 내려다보았다.

"정말이지, 깜짝 선물로 준비한 건데…… 그래요. 낮에 산 건 아버지께 드릴 생일 선물이었다구요."

"뭐? 생일? 내 선물이라고?"

"어머, 이이도 참…… 혹시 잊어버린 거예요? 내일이 당신 생일이잖아요."

"그, 그러고 보니…… 요즘 바빠서 완전히 깜빡하고 있었군."

덕분에 이성이 돌아온 모양이었다.

"그, 그럼 혹시…… 오늘 데이트는……?"

"후우…… 데이트가 아니라 내일 아버지의 생일을 밖에서 축하드리려고 가족 다 같이 외출할 코스를 사전 답사했던 거라구요. 아버진 요리랑 술도 그렇고 연극도 취향이 까다로우시잖아요? 그러니 제가 정말 좋아하는 아버지를 위해서라도 내일 일정을 반드시 성공시키고 싶어서 남성의 의견이 필요했던 것뿐이라구요. 그래서 글렌 선생님께 억지로 부탁을……."

“……정말 좋아하는 아버지? 나를 위해서……?”

“예. 그러니까 저기…… 글렌 선생님이랑 저 사이에 아버지께서 추측하신 그런 일은…… 아직까진, 없어요.”

시스티나는 자기도 모르게 『아직까진』이라는 불온한 표현을 쓴 것을 눈치채지 못한 모양이었다.

“으허어어어어엉! 그런 거였다니이이이이이!”

그리고 그건 기뻐 날뛰는 레너드도 마찬가지였다.

“훌쩍! 드, 들었어? 여보? 우리 딸은 역시 천사였어! 이렇게나 효심이 깊다니…… 으허어어어어엉! 뭐야, 시스티에게 남친이 생겼다는 건 내 착각이었나! 다행이다! 정말 다행이야!”

“후훗, 잘됐네요. 여보. ……전 조금 아쉽지만요.”

필리아나는 레너드를 달래면서 시스티나를 힐끔 돌아보았다.

“그건 그렇고 시스티? 왜 하필 상담 상대가 글렌 선생님이었던 거니?”

그리고 장난스럽게 물었다.

“그, 그야…… 선생님은 어딘지 모르게 아버지를 닮았으니까……?”

“으허어어어어어어……엉?”

시스티나는 별 생각 없이 한 말이겠지만 레너드는 그 자리에서 굳어버릴 수밖에 없었다.

‘……뭐? 글렌 선생이…… 날 닮았……다고……?’

레너드는 냉정한 사고로 정보를 정리했다.

시스티나는 아버지인 자신을 매우매우 좋아한다.

그리고 글렌 선생은 그런 자신을 닮았다.

즉, 시스티나는 글렌 선생을…….

"……."

"으, 음? 갑자기 왜 그러심까? 레너드 씨."

갑자기 울음을 뚝 그치고 입을 다문 레너드를 의아하게 생각한 글렌이 말을 걸었다.

"글렌 레이더스…… 역시 네놈은 여기서 처리해둘 수밖에 없겠군!"

그러자 레너드는 악마 같은 얼굴로 양팔에 불꽃을 휘감기 시작했다.

"예에에에에?! 우째서?!"

"에잇, 닥쳐! 잠깐 거기 서봐! 역시 네놈 같은 남자에게 내 딸은 절대로 못 줘!"

"아버지?! 갑자기 또 왜 그러세요!"

"어머, 이이도 참."

"뜨아아아아아! 내가 대체 무슨 짓을 했다고오오오오!"

그렇게 해서 토끼처럼 달아나는 글렌을 레너드가 사냥개처럼 쫓는 인의 없는 술래잡기가 막을 올렸다.

……참고로 이 추격극은 두 사람을 따라 잡은 필리아나가 남편의 목을 꺾어서 의식을 날려버릴 때까지 계속되었다고 한다.

무명의 반전 루미아

Rumia and the Nameless Reversal

Memory records of bastard
magic instructor

마술학원의 방과 후.

"선생님! 어서요! 얼른!"

"아~ 진짜 시끄럽고만. 재촉 좀 하지 마."

오늘도 교내에는 기운 넘치는 소녀의 목소리와 의욕 없는 남자의 목소리가 울려 퍼지고 있었다.

두말할 것도 없는 시스티나와 글렌이었다.

"아하하, 귀찮게 해서 죄송해요. 선생님."

"응."

그리고 그런 글렌의 양쪽에는 쓴웃음을 지은 소녀 루미아와 졸린 듯한 무표정의 소녀 리엘이 있었다.

지금 그들 넷은 귀가하는 학생들 틈에 껴서 천천히 교문을 향해 걸어가고 있었다.

"뭐, 오늘 수업에서 이해하지 못한 부분이 있다며? 그건 내 잘못이니까 어쩔 수 없지. 그리고……."

글렌은 루미아를 돌아보고 듬직하게 웃었다.

"내가 같이 있는 편이 더 안심되잖아?"

"선생님…… 정말 감사합니다."

그러자 루미아도 무한한 신뢰가 담긴 미소로 답했다.

"……어? 지금부터 다 같이 딸기 타르트 먹으러 가는 거 아니었어?"

리엘이 고개를 갸웃거리며 엉뚱한 소리를 하자 글렌은 그녀의 머리통을 강하게 꽉 움켜잡았다.

"……아파."

"넌 애들을 본받아서 공부 좀 하자?"

그 순간—.

"정말이지! 얼른 좀 가자니까요!"

의욕이 넘쳐서 앞서간 시스티나가 뒤를 돌아보며 외쳤다.

"카페 아방튀르는 인기 있는 가게란 말예요! 빨리 안 가면 좋은 자리를 다 빼앗길 거라구요!"

"그래, 그래. ……거 참, 내가 언제부터 카페에서 공부 모임을 여는 세련된 놈이었다고 저러는지 모르겠구만……."

글렌은 어깨를 늘어트리고 한숨을 내쉴 수밖에 없었다.

"후훗, 가죠. 선생님."

그러자 루미아가 활짝 핀 꽃처럼 웃으며 글렌의 손을 잡아끌었고, 리엘은 그런 두 사람의 뒤를 졸래졸래 따라오기 시작했다.

『……흥, 재들은 여전하네.』

그런 네 사람의 모습을 건물 뒤에서 몰래 훔쳐보는 존재가 있었다.

루미아와 똑 닮은 용모, 재처럼 하얀 머리카락, 병적일 정도로 새하얀 피부, 산호처럼 탁한 붉은색 눈동자.

퇴폐적인 미모와 등에 달린 이형의 날개가 특징적인 이 소녀의 정체는 다름 아닌 남루스였다.

육체가 없는 사념체인 그녀는 어이없는 눈으로 글렌 일행의 뒤를 바라보며 혼잣말을 중얼거렸다.

『진짜 어쩌다 우연히 학교에 와보면 맨날 소란만 피우고 있다니까. 일주일 전에는 리엘의 충치 소동, 엿새 전에는 글렌의 교내 바가지 장사 소동, 닷새 전에는 글렌과 루미아의 남녀 교제 의혹 소동, 나흘 전에는 리엘이 수업 중에 정체불명의 생물을 소환하는 바람에 난리법석, 사흘 전에는 글렌과 시스티나가 시시한 이유로 대판 싸운 데다, 이틀 전에는 야외 영맥 조사를 하다가 또 사고 발발, 그리고 어제는…… 오웰이라고 했던가? 그 변태의 폭주를 넷이서 필사적으로 막았고…… 그밖에도…… 중얼중얼…….』

계속 혼잣말을 쏟아내면 남루스는 비웃는 것처럼 어깨를 으쓱였다.

『……맞아. 내가 아주 사소한 변덕으로 시간이나 때울 겸 진짜 우연히 상황을 보러 오면 항상 그런 느낌이었지. 질리지도 않는 걸까? 뭐, 난 딱히 관심도 없으니 재들이 어떤 학창 생활을 보내든 상관없지만. ……진심으로.』

그러면서도 건물 뒤에 숨은 남루스는 네 사람의 등을 뚫어지게 바라보고 있었다.

“……?!”

그러자 마침 교문을 지나가던 타이밍에 흠칫 놀라버린 루미아가 주위를 두리번거리기 시작했다.

“왜, 왜 그래? 루미아.”

그것을 본 시스티나가 걱정스럽게 물었다.

“혹시 또……?”

“응. 요즘 자주 느꼈던 이상한 시선은…… 역시 기분 탓이 아니었나 봐.”

불안한 듯 둘의 얼굴에 그늘이 지기 시작했다.

“……내가 있으니까 걱정하지 마.”

그러자 글렌이 안심시키듯 머리를 거칠게 쓰다듬어주며 말했다.

‘참 나…… 진짜 묘하게 감이 좋은 애라니까.’

남루스는 반사적으로 숨으며 투덜거렸다.

‘난 실체가 없는 사념체거든? 기척 같은 게 있을 리 없는데 어떻게 알아챈 걸까?’

그러면서도 역시 그녀의 눈은 네 사람을 좇고 있었다.

한편, 그들은 어느새 화제를 바꿔서 일상적인 잡담을 나누고 있었다.

‘흥. 참 즐거워 보이네. ……뭐가 그렇게 즐거운 거지?’

악담을 퍼붓고 코웃음을 치면서도 남루스의 눈은 그들을

좇고 있었다.

'……'

그녀는 입을 다문 채 그저 가만히 네 사람의 동향을 계속 지켜보았다.

그리고 다음날 아침 피벨 저택.

"루미아~ 그만 일어나~."

아침식사 준비를 마친 시스티나는 잠에서 깨우기 위해 루미아의 방으로 가고 있었다.

루미아는 비교적 아침에 약한 체질이다 보니 이렇게 직접 깨우러 가는 것이 그녀의 일과였다.

"일어나서 학교 갈 준비해야지~ 들어간다~?"

방 문을 가볍게 노크하고 활짝 연 그때—.

"흥, 시끄럽네 진짜. 갈 준비는 이미 다 해뒀거든?"

"……?"

루미아는 이미 일어나 있었지만 시스티나는 한동안 눈을 부릅뜬 채 경악할 수밖에 없었다.

그 이유는 아침에 약한 루미아가 벌써 일어나 있어서가 아니었다.

루미아의 모습이 하룻밤 사이에 완전히 바뀌어 있었기 때문이다.

"……뭘 그렇게 뚫어지게 쳐다봐?"

앞머리에 단 여러 개의 별모양 머리장식들. 한쪽 뺨에는 나비모양 페이스 페인팅. 왼쪽 눈에만 컬러 콘택트렌즈를 낀 오드아이 스타일. 그리고 몸 여기저기에 십자가 펜던트, 해골 반지, 사슬 같은 데스메탈틱한 실버 엑세서리를 달고 있었다.

거기다 검게 물들인 교복은 에로틱하면서도 펑키한 스타일로 고쳐 입었고 등에는 탈착식 검은 날개 모형을 단 데다 껌까지 질겅질겅 씹으며 풍선을 풀어대고 있었다.

그 청순한 루미아가 고작 하룻밤 사이에 이런 비주얼계 펑크 밴드 보컬 같은 모습으로 변해 있었으니 놀라지 않는 게 무리였다.

"루, 루……루미아?"

"……내가 루미아가 아니면 뭐로 보이는데?"

시스티나가 조심스럽게 묻자 루미아(?)는 언짢은 목소리로 대답했다.

"아니, 그게…… 뭐니? 그 모습은."

"……이미지 체인지?"

루미아가 퉁명스럽게 머리카락을 쓸어 올리자 별모양 머리장식들이 찰랑찰랑 소리를 흔들렸다.

"어때? 멋지지?"

"어? 어어……."

"나 참, 이걸로 이제야 겨우 평소의 촌스러운 티를 좀 벗

어난 것 같다니까."

"아, 아, 아, 아아아……."

"자, 나는 준비 다 됐어. 어서 등교하자. ……늘 그랬던 것처럼."

"루, 루미아가 삐뚤어졌어어어어어어어어어?!"

아침의 피벨 저택에 시스티나의 비통한 절규가 메아리쳤다.

이래저래 해서 현재 마술학원으로 가는 통학로에는 껌을 씹으면서 당당하게 걷는 루미아와 그 뒤를 리엘의 손을 잡은 시스티나가 조심스럽게 따라가는 광경이 펼쳐져 있었다.

"……루미아, 무슨 일 있었어?"

리엘이 졸린 눈으로 옆에 있는 시스티나에게 물었다.

"평소랑 분위기가 달라."

"나, 나도 모르겠어. ……하룻밤 사이에 갑자기 저렇게 변해버려서……."

시스티나는 머리를 부여잡고 한숨을 내쉴 수밖에 없었다.

부모님이 요즘 집에 없는 게 다행이었다. 만약 지금의 루미아를 레너드가 봤다간 크게 충격을 받은 나머지 할복했을지도…….

"루미아…… 왠지 멋있어."

하지만 더 큰 문제는 어느새 리엘이 저 악(惡)미아를 초롱초롱한 눈으로 바라보고 있다는 점이었다.

"부럽다. 나도 저렇게 해보고 싶어. ……안 될까? 시스티나."
마치 불량학생을 동경하는 모범생 같은 반응이었다.
"절대로 안 돼! 리엘! 저건 절대로 따라하면 안 돼!"
벌써 리엘의 교육에 악영향을 끼치는 낌새가 보이기 시작하자 시스티나는 다시 머리를 부여잡을 수밖에 없었다.
"그건 그렇고…… 재, 재가 갑자기 저러는 이유가 뭐지?"
애써 마음을 가라앉히고 생각에 잠긴 시스티나는 이윽고 한 가지 가능성을 도출해냈다.
"아, 아니, 하지만…… 그 사람이 설마 그럴 리가……."
하지만 저 이상한 패션 센스가 루미아의 취향일리는 결코 없었다. 또한 저 차가운 말투에서 추측컨대 아마 악미아의 정체는…….
시스티나가 거기까지 생각했을 때—.
"오, 루미아!"
그녀들 앞에 글렌이 나타났다.
"이제야 왔구나! 일단 그 일에 관한 건 안심해. 조만간 꼬리를…… 잡……."
하지만 그의 목소리는 점차 작아졌다.
"저기…… 루미아…… 양?"
루미아가 껌을 질겅질겅 씹으면서 게슴츠레한 눈으로 돌아보자 머리장식이 찰랑거리며 소리를 냈다.
"왜? 내 얼굴에 뭐 이상한 거라도 묻었어?"

치마 주머니에 양손을 찔러 넣은 악미아는 차갑게 말을 내뱉더니 껌으로 풍선을 불었다.

그 모습에 글렌은 눈을 휘둥그레 뜬 채 잠시 입을 다물 수 없었다.

"아니, 너 대체 무슨 일이 있었던 거야아아아아아아아아?!"

그리고 예상대로 비명을 질렀다.

"하아…… 시끄럽네 진짜. 살짝 이미지 체인지 좀 해본 것뿐인데 너무 호들갑스럽게 굴지 말라구. 짜증나게."

"루미아는 그런 식으로 말 안 해!"

글렌은 충격을 받고 머리를 부여잡았다.

"우오오…… 늘 「후훗, 안녕하세요. 선생님. 오늘 아침 기분은 어떠세요?」라고 밝게 인사해주는 천사는 대체 어디로 간 거야!"

"우와, 기분 나빠. ……그냥 죽어버리는 게 어때?"

루미아의 얼굴과 목소리로 날카롭게 매도하는 건 상상 이상으로 파괴력이 어마어마했다.

"크헉?!"

바로 마음이 꺾인 글렌은 그 자리에 힘없이 무너질 수밖에 없었다.

"흥…… 나약하기는."

악미아는 그런 글렌을 내려다보며 코웃음을 쳤다. 그 경멸하는 듯한 눈빛에 닿기만 해도 실시간으로 영혼이 깎여나가는 것만 같았다.

"저, 저기요……!"

그것을 보다 못한 시스티나가 뭔가를 결심한 표정으로 대화에 끼어들었다.

"당신…… 남루스 씨죠?"

"……."

악미아는 입을 다물었고 글렌은 퍼뜩 놀란 얼굴로 그런 그녀에게 시선을 돌렸다.

"아앗! 그런 거였나!"

글렌은 그제야 상황을 납득하고 제정신을 차렸다.

"요게 사람 놀라게 하기는! 야, 너! 이 녀석 말대로 남루스지?"

"하? 무슨 소린지 모르겠거든?"

악미아는 어깨를 으쓱이며 희미하게 웃었다.

"내 어디가 그 남루스라는 초절 미소녀로 보이는 건데? 그 눈은 장식이니?"

"자기 입으로 미소녀라고 하지 말라고, 이 멍청아!"

"의심되면 이 육체와 영혼에 식별 마술이라도 써보든지? 그럼 내가 루미아 본인이라는 걸 바로 알 수 있을걸?"

"웃기지 마. 생명체의 3요소…… 육체, 영체, 정신체…… 정신 존재인 네가 차지한 건 정신체 쪽이겠지? 계속 그렇게 까불면 그냥 루미아의 정신에서 심령수술로 직접 제거해버리는 수가 있다?"

"……후우, 이렇게 빨리 간파당하는 건 솔직히 예상 외였네."

글렌이 지적하자 악미아, 아니. 남루스는 체념한 듯 크게 한숨을 내쉬었다.

"맞아, 난 남루스야. 후훗, 시스티나…… 당신, 내가 루미아가 아니란 걸 용케도 눈치챘네?"

그리고 마치 어둠속에서 붉은 선을 긋는 것처럼 차갑게 미소 지었다.

"예에……?"

하지만 시스티나는 그 반응이 그저 당혹스러울 수밖에 없었다.

"남루스. ……너, 바보지?"

글렌이 눈을 게슴츠레하게 뜨고 끼어들었다.

"너, 인마. 루미아인 척 하려면 흉내 내는 노력이라도 해봐. 진짜 하나도 안 비슷하거든?"

"뭐? 싫거든?"

그러자 남루스는 대뜸 화를 냈다.

"왜 내가 루미아 흉내를 내야 하는 건데? 난 걔가 진심으로 싫거든? 역겨우니까 그런 소리는 꺼내지도 마."

"와! 이거, 진짜 성가신 녀석일세……."

말은 저렇게 하면서도 정작 루미아가 위험할 때는 조언을 아끼지 않는 그녀의 행적을 아주 잘 아는 글렌으로선 그저

기가 막힐 따름이었다.

"그, 그건 그렇고…… 야, 이번에는 또 뭐야? 루미아의 몸을 뺏어서 대체 뭘 하려고 그러는 건데?"

"뺏기는 무슨."

남루스는 언짢은 얼굴로 말했다.

"지금은 정신 깊숙한 곳에 재워둔 거야. 난 그동안 이 몸을 대신 사용할 뿐. 이러니저러니 해도 그 애랑 난 상성이 좋으니 그걸 이용해서 하루만 몸을 빌리려는 것뿐이지."

"하루만 몸을 빌리겠다니…… 대체 왜?"

"글쎄?"

남루스는 차갑게 시선을 피했다.

"그보다, 자. 어서 학교에 가자. 이러다 지각하겠어."

왠지 평소보다 들뜬 목소리로 재촉하는 남루스의 모습에 글렌은 한숨을 내쉬었다.

이 남루스라는 소녀는 결코 사악한 존재는 아니다.

아직 정체와 목적은 확실치 않지만 자신들이 위험에 처할 때마다 적극적으로 돕는 『아군』이었다.

그렇다면—.

"참 나…… 진짜 오늘 하루만이다?"

글렌은 체념하고 머리를 긁적였다.

"어머? 나보다 루미아가 그렇게 좋아? 얘도 참, 무척 사랑받고 있는 모양이네. 쿡쿡."

"말 돌리지 말고."

"농담이야. ……그래, 알았어. 내가 루미아로 지내는 건 오늘 하루뿐. 몸은 그 후 확실히 루미아에게 돌려줄게."

"……그러냐."

일단은 신뢰할 수 있는 상대였다. 그럼 오늘 하루쯤은 눈감아 주자.

'그건 그렇고…… 또 골치 아픈 일이 늘었구만.'

글렌은 내심 넌더리가 났다.

"아, 그리고. 지금의 내가 남루스라는 건 반 애들한테는 비밀로 해줘. 아무튼 오늘 하루는 루미아로 지내고 싶으니까."

"……무리일 거 같은데."

글렌이 게슴츠레한 눈으로 현재 남루스의 모습을 머리부터 발끝까지 훑었다.

몇 번을 봐도 정신이 아득해질 것 같은 패션이었다.

하지만 그 시선을 눈치챈 남루스는 자랑스럽게 입가를 끌어올렸다.

"어때? 센스 좋지? 당신들이 다니는 학교 교복이 너무 촌스러워서 살짝 손 좀 대봤어."

"……뭐? 살짝?"

"이 정도면 다른 인간들은 아무런 위화감도 느끼지 못할걸? 그치?"

그렇게 지껄인 남루스는 자신만만하게 미소 지었다.

"네가 정말 멍청한 데다 패션 센스가 괴멸적이라는 건 아주 자~알 알았다."

하지만 글렌은 어이없는 얼굴로 한숨을 내쉴 수밖에 없었다.

"뭐? 그게 무슨 뜻이야? 애초에 난 당신들 인간과 비교조차 할 수 없을 정도로 지혜로운 존재거든?"

날카롭게 노려보는 남루스의 시선을 글렌은 어깨를 으쓱이며 흘려 넘겼다.

"참 나, 왜 하필 이런 타이밍에…… 뭐, 됐고. 대신 한 가지 조건이 있어."

"무슨 조건?"

"오늘 하루는…… 계속 내 옆에 붙어 있어. 절대로 떨어지지 말고."

그 영문을 알 수 없는 제안에 남루스는 눈살을 찌푸렸다.

"……응? 말하지 않아도 그럴 생각이었는데?"

"그러냐. ……그럼 됐다."

다시 힘없이 한숨을 내쉰 글렌은 남루스를 데리고 여느 때처럼 학교로 향했다.

그리고 뭐, 예상대로라고 할지. 지극히 당연한 반응이라고 할지.

""""에에에에에에에에에에엑?!""""

2반 교실에 남루스가 들어선 순간, 학생들은 크게 당황하는 모습을 보였다.

"자, 잠깐만! 어엇?!"

카슈도—.

"루루루, 루미아?! 당신, 대체 뭐에 그렇게 불만이 쌓였던 건가요?! 사회?! 아니면 이 시대에?!"

웬디도—.

"……농담이지?"

그 기블조차 입을 떡 벌리며 경악하는 판국이었다.

다들 마치 하늘과 땅이 뒤집힌 것 같은 반응을 보이자, 남루스는 그게 약간 불만스러운 듯 눈살을 찌푸렸다.

"이상해, 글렌. 다들 왜 내 모습을 보고 이렇게 놀라는 거야?"

"난 오히려 왜 모르는 거냐고 묻고 싶다만."

게슴츠레한 눈의 글렌이 사무적으로 태클을 걸었다.

"그야…… 아주 살짝 멋을 부리긴 했지만…… 그렇다고 이 정도로 난리법석을 피울 정도는 아니잖아?"

"……그거 진심으로 하는 소리냐?"

그러자 남루스는 껌으로 풍선을 불면서 학생들과 자신의 모습을 다시 비교해보았다.

"……아, 그런 거였구나."

하지만 곧 혼자서 납득하고 고개를 끄덕였다.

"이렇게 다시 내 모습을 확인해보니…… 확실히 저런 반응을 보일 만 해."

"호오, 미적 센스가 괴멸적인 너도 이제야 겨우 위화감을 눈치챘나 보군. 좋아, 그럼 얼른 그 옷을 갈아입으러……."

그리고 팔에 감은 은제 사슬을 슬쩍 고친 후 새침한 얼굴로 말했다.

"체인이 좀 엉켜 있었네. 민망해라."

"그거 아니거든?!"

글렌이 즉시 태클을 건 순간—.

""""이야기는 전부 들었다아아아아아아아아아아아아!""""

복도 쪽에서 어마어마한 수의 남학생이 교실 안으로 우르르 몰려오더니 눈 깜짝할 사이에 남루스를 에워쌌다.

""""《루미아 친위대》! 여기에 등장!""""

자세히 보면 반과 학년이 제각기 다른 통일성이 없는 집단이었다.

"……이것들은 또 뭐야?"

"루미아의 팬클럽이라더라."

남루스가 게슴츠레한 눈으로 묻자 글렌은 어깨를 으쓱이며 대답했다.

"루미아는 이 학교의 아이돌이거든. 이런 비밀 조직이 생길 만큼."

"흐응? 개를 좋아하는 남자가 이렇게나? 호오, 제법 보는 눈이 있는 인간들이네. 맘에 들었어."

"너, 인마. 루미아를 좋아하는 건지 싫어하는 건지 하나만 해."

"싫어해."

"……거 참, 진짜 성가신 녀석일세."

글렌과 남루스가 담담한 얼굴로 그런 대화를 나누는 동안.

"으아아아아아아아아아! 세상에 이런 일이!"

"우, 우리의 루미아가 이런 모습으로 변하다니!"

"시, 싫어! 이런 건 루미아가 아니야!"

루미아 팬클럽 멤버들은 울부짖으며 아비규환의 지옥도를 그리고 있었다.

"루미아! 우리의 천사였던 넌 대체 어디로 간 거야!"

"인정 못 해! 난 이런 타천사 같은 루미아는 인정 못 해!"

"옳소! 옳소! 제발 평소의 천사 같은 루미아로 돌아와 달라구!"

남학생들이 그렇게 멋대로 떠들어대는 것을 들은 남루스는 한순간 무표정이 되었지만 점점 불쾌한 기색을 드러내기 시작했다.

"닥쳐, 이 돼지 자식들아."

결국 루미아라면 절대로 입에 담지 않을 폭언을 내뱉었고 당연히 이 자리의 모두는 입을 떡 벌린 채 굳어버릴 수밖에 없었다.

"참 나……."

남루스는 그런 반응에도 전혀 아랑곳하지 않고 교탁 위에 걸터앉더니 늘씬한 다리를 꼰 후 경멸하는 눈으로 그들을 내려다보았다.

"평소의 루미아로 돌아와 달라고? 지금 나더러 루미아가 되라는 거야? 하! 당신들, 지금 나한테 시비 거는 거지?"

"……진짜 모순덩어리구만."

글렌이 옆에서 냉정하게 태클을 걸었으나 남루스는 무시한 채 말을 계속했다.

"그리고 말끝마다 천사, 천사…… 여자에 과도한 환상 좀 그만 품으라구, 이 돼지들아. ……앞으론 그런 생각이 얼씬도 안 하게 내가 조교해줄까? 응?"

""""히이익?!""""

남루스가 내뿜는 살기와 박력에 팬들은 소스라치게 몸을 떨었다.

"애당초 뭐야. 당신들은 이미지가 조금 바뀐 것뿐인데도 루미아를 있는 그대로 사랑해줄 수 없다는 거야?"

""""……?!""""

하지만 그 말을 들었을 때는 눈을 크게 부릅뜰 수밖에 없었다.

"당신들의 루미아에 대한 사랑은 고작 그 정도였어? 실망시키지 마."

그리고 한없이 사람을 깔보는 듯한 남루스의 눈이 그들의 영혼을 후벼 파듯 노려보자, 루미아의 팬들은 등골이 오싹오싹한 새로운 감각…… 고통과 쾌감이 뒤섞인 기묘한 느낌에 사로잡혔다.

'이런 건…… 이런 눈빛을 보이는 건…… 루미아가 아니야!'

'그런데도 뭐지? 이 감각은?'

'이 자연스럽게 무릎을 꿇고 고개를 조아리고 싶어지는 미칠 듯한 충동은 대체……!'

"흥! 당신들…… 뭘 그렇게 멀뚱히 서 있는 건데? 루미아에 대한 당신들의 사랑이 진짜라면…… 어서 증명해봐. 그 사랑을."

그리고 남루스가 그렇게 말한 순간이었다.

""""예잇~!""""

이 자리에 모인 루미아의 팬들은 자연스럽게 그녀의 발밑에 고개를 조아리며 무릎을 꿇었다.

"처음엔 좀 당황했지만…… 이, 이런 것도…… 나쁘지 않네?"

"응……! 무릎을 꿇었더니 마음속 깊은 곳에서 기쁨이 흘러넘치고 있어!"

"천사가 아니라 타천사…… 아아, 그런 거였나!"

"저, 저희는 타천사 루미아 님의 노예입니다아아아아!"

""""꾸이이익~!""""

뭔가에 눈을 뜬 팬들이 환희에 물든 표정으로 눈물을 흘리며 남루스를 숭배하기 시작했다.

"이 학교는 이제 틀렸어."

그 광경을 끝까지 지켜본 글렌은 진지한 얼굴로 단언했다.

"잠깐만요, 선생님! 포기하는 건 아직 일러요! 저러는 건 극히 일부의 학생들뿐이라구요!"

"남루스…… 멋져……."

"동경하면 안 돼애애애애애!"

눈빛이 초롱초롱해진 리엘을 본 시스티나는 머리를 부여잡을 수밖에 없었다.

이래저래 해서 남루스를 더한 2학년 2반의 수업이 시작되었다.

"……그런 고로 지금부터 『마술전투 교련 수업』을 시작하마."

장소를 바꿔서 광활한 원형 필드가 펼쳐진 마술 경기장에 모인 2반 학생들 앞에서 글렌은 한숨을 내쉬며 말했다.

마술전투 교련이란 마술을 사용하는 전투 훈련을 통해 전투 상황에서의 마술 운용법과 작법을 배우는 수업이었다.

"흐응? 전에 우연히 이 학교를 보러 왔을 때, 어쩌다 이 수업을 얼핏 본 적은 있는데…… 실제로 내가 수업을 받게 될 줄은 몰랐네."

남루스가 그렇게 중얼거린 순간, 글렌은 기겁했다.

"어? 너도 이 수업에 참가하려고? 견학하는 게 아니라?"

"뭐? 그야 참가하는 게 당연하잖아."

남루스는 차가운 눈으로 글렌을 노려보았다.

"아, 아니. 지금의 넌 루미아가 아니니까…… 저기…… 딱히 무리해서 참가할 필요는 없다만?"

"흐음~? 글렌…… 당신, 혹시 날 바보 취급하는 거야? 내가 싸울 줄도 모를 것 같아?"

글렌이 당황하자 남루스는 싸늘한 목소리로 말했다.

"흥! 난 정신이 아득해질 정도로 먼 태곳적부터…… 외우주의 사신(邪神)들과 싸워온 몸이야. 까놓고 말해 난 이 안의 그 누구보다 압도적으로 강해."

"왠지 무지막지하게 불온한 단어가 들린 것 같다만…… 진짜?"

"응, 진짜. 아니, 애당초 날 이길 수 있는 『인간』은 이 세계에 존재하지 않을걸? 쿡쿡."

남루스는 압도적인 존재감을 드러내며 요사스럽게 웃었다.

"저, 저기…… 그럼 더더욱 네가 이 수업을 받을 필요가 없을 것 같다만……?"

"닥쳐. 아침에 말했지? 오늘 난 루미아로 지낼 거라고. 방해한다면 당신이라도 가만 안 둬."

"으아아, 진짜!"

더없이 차가워진 남루스의 표정을 보고 더는 말이 안 통한다는 사실을 깨달은 글렌은 머리를 거칠게 헤집으며 하늘을 올려다보았다.

"그럼 살살 싸워! 사상자는 절대로 내지 말고!"

"흥, 절대적인 강자가 약자를 배려하는 건 당연한 일이거든? ……안심해. 당신의 학생들은 털끝 하나 다치게 하지 않을 테니까."

결국 그 말을 믿을 수밖에 없는 글렌은 마지못해 대전표를 편성하기 시작했다.

그리고 일대일 결투가 시작되었다.

"큭……."

지금 경기장에 서 있는 시스티나는 좀처럼 식은땀이 멎질 않았다.

"자, 어서 덤벼봐."

대전 상대는 남루스. 그녀는 요사스럽게 웃으며 자신을 정면에서 바라보고 있었다.

'큭! 남루스 씨……!'

최근 들어서 급성장을 이룬 덕분에 모의 마술전투에서 단 한 번도 패배를 경험한 적 없는 시스티나는 자신의 실력에 나름 자신이 생긴 편이었다.

'그런데도…… 뭐지? 이 감각은!'

하지만 남루스와 대치한 순간에는 아무리 발버둥 쳐도 이길 수 없을 거라는 불길한 이미지에 사로잡힐 수밖에 없었다.

"시스티나…… 뭘 그렇게 겁내는 거니?"

반면에 남루스는 한없이 어둡고, 낮고, 싸늘하게 미소 짓고 있었다.

이제 와선 저 검은색을 바탕으로 개조한 교복을 입은 그녀가 마치 지옥에서 올라온 사신(死神)처럼 보이기 시작했다.

""""……?!""""

관객석의 학생들도 같은 느낌을 받았는지 온 몸에서 대량의 식은땀을 흘리며 마른침을 삼킨 채 시합의 행방을 지켜보고 있었다.

"내가 당신을 잡아먹으려는 것도 아니잖아? 봐주면서 싸울 테니까 사양하지 말고 덤벼보렴."

그 오만방자한 태도가 신경을 건드렸지만—.

'……무리야! 남루스 씨는 역시 뭔가가 달라! 이길 생각이 전혀 안 들어!'

지금 시스티나를 지배하고 있는 건 그보다 큰 패배의 예감뿐이었다.

'……하지만 싸우지도 않고 물러설 수는 없어! 이것도……내가 성장하기 위한 좋은 경험이라고 생각하면!'

"《뇌정이여》!"

이윽고 각오를 마친 그녀가 검지로 남루스를 가리키며 주문을 외치자 손끝에서 발생한 전격이 일직선으로 질주했다.

최근 들어서 한층 더 빨라진 주문 영창 속도와 정밀도에는 객석의 학생들도 무심코 숨을 삼킬 정도였다.

'틀렸어! 안 통해! 주문을 날린 순간, 깨달았어! 반드시 막힐 거야! 이제 곧 반격이…….'

하지만 지금 이 순간 시스티나가 느끼는 건 한층 더 강렬한 패배의 예감뿐이었다.

"……흥."

여유 있는 표정의 남루스가 코웃음을 치며 자신을 노리고 날아오는 전격을 가볍게 후려치듯 손을 휘두른 순간—.

파지지지지지지지지직!

"으갸?!"

주문의 일격을 정통으로 허용한 그녀는 그 자리에서 감전되었다.

어디선가 본 듯한 그 광경에 시스티나와 학생들은 어안이 벙벙한 표정을 지었다.

"……응? 어? 그, 그게 그러니까…… 승자는…… 하얀 고양이? 응? 진짜?"

심판을 맡은 글렌도 눈을 휘둥그레 떴다.

"……어? 어, 어라……?"

바닥에 대자로 누운 남루스는 눈을 깜빡거리며 혼잣말을 중얼거렸다.

"어째서? 난 저 정도 구성의 주문쯤은 《분해》할 수 있을 텐데…….”

전원이 여우에 홀린 듯한 표정을 지은 가운데, 남루스의 다음 시합이 시작되었다.

그녀는 여전히 태도만큼은 강자다운 기세를 드러내고 있었고 대치한 학생은 그 위압감을 이기지 못해 덜덜 떨었다.

“각오해!”

“히익?!”

시합 개시 후 남루스가 손을 치켜들자 세실은 공포에 질려서 눈을 질끈 감았다.

“……응? ……어라?”

하지만 주문은 날아오지 않았다.

“어? ……어, 어째서?”

세실이 조심스럽게 눈을 뜨자 남루스는 그를 향해 검지를 내미는 동작을 몇 번이나 반복하고 있었지만, 그 손끝에서는 아무것도 나오지 않았다.

“어, 어떻게 된 거지? 내 《무음영창》…….”

“그, 그게 그러니까…… 《뇌정의 자전이여》.”

아연실색한 남루스에게 세실은 조심스럽게 【쇼크 볼트】를 영창했고—.

파지지지지지지직!

“꺅?!”

이번에도 남루스는 꼴사나운 패배를 만끽했다.

"……아하."

바닥에 쓰러진 그녀는 입가를 뒤틀며 중얼거렸다.

"인간인 루미아의 몸이라…… 내 원래 힘이 전혀 안 나오는 거구나."

"……참 빨리도 알았네."

마침 가까이 다가온 글렌이 어이없는 목소리로 말했다.

"그래서 이제 어쩔 건데. 얌전히 견학이나 할래?"

"싫어!"

하지만 남루스는 몸을 일으키며 글렌의 배려를 거부했다.

"오늘 하루는 평범하게 수업을 받을 거라고 했잖아? 그리고 승부는 이제부터야! 이세계의 신을 살해한 내 힘이 어떤 건지…… 당신들의 눈에 똑똑히 새겨주겠어!"

"……그러냐. 그건 루미아의 몸이니까 조심해."

아직도 의욕이 넘치는 남루스의 대답에 글렌은 한숨을 내쉴 수밖에 없었다.

결국 이날 남루스는 단 한 번도 이기지 못했다.

남루스의 말에 따르면 본신의 힘을 쓸 수 없는 지금의 그녀는 세 소절 영창조차 서툰, 글렌 이하의 엉터리 마술사였기 때문이다.

그럼에도 남루스는 포기하지 않았고 수업 끝날 때쯤 와서는 다들 오히려 미안한 얼굴로 주문을 살살 써줄 정도였다.
"흥…… 뭐, 어쩔 수 없지."
굴욕적인 마술전투 교련 수업이 끝난 후 남루스는 뻔뻔하게 말했다.
"본신의 힘을 쓸 수 없으니 이런 결과가 나온 건 어쩔 수 없어. 괴물을 쓰러트리는 건 언제나 인간. 인외의 존재가 인간의 아이들에게 져서 바닥을 기는 건…… 뭐, 나쁘지 않은 경험이었을지도."
그리고 머리카락을 쓸어 올리며 마치 거물처럼 굴었다.
"……눈물이나 닦고 말하는 게 어때?"
"……."
하지만 글렌이 가차 없이 사실을 지적하자 새침하게 시선을 피하고 말았다.

그 후에도 남루스는 계속해서 문제를 일으켰다.
"으…… 이, 이게 그러니까……. 이걸…… 이렇게 하면……."
마술약학 수업 시간. 그녀는 비지땀을 흘리면서 소형화로 위에서 끓는 냄비 안에 조심스럽게 소재를 집어넣고, 부들부들 떨리는 손으로 유리봉을 젓고 있었다.
"루미아, 쟤 오늘 왜 저래?"
"마술약학은 그녀의 독무대였을 텐데……."
"으으…… 손놀림이 위태위태해서 도저히 못 보겠어요."

주위의 학생들은 그런 남루스의 작업을 조마조마한 얼굴로 지켜보고 있었다.

"야, 남루스…… 너, 서툰 것도 정도가 있지……."

그러자 글렌이 뒤에서 핀잔을 주었다.

"시, 시끄러! 아직 이 몸에 익숙하지 않은 것뿐이거든? 지, 지금은 말 걸지 마!"

나이프를 든 남루스는 자기 손가락을 베지나 않을까 싶은 어색한 동작으로 약초를 썰기 시작했다.

"……내, 내가 대신 해줄까?"

"필요없어! 조, 좋아…… 이걸로 끝. 이어서 이 약초를 넣으면!"

그리고 그 약초를 움켜쥐고 냄비 안에 넣은 그때였다.

"이, 이 바보야! 순서가 잘못……!"

퍼엉!

냄비가 폭발하고 연기가 걷히는 동시에 새카맣게 그을린 남루스가 콜록 하고 기침을 터트렸다.

점심시간.

쿵!

"……뭐야? 이건."

남루스가 별안간 교탁 위에 올려놓은 상자를 글렌은 게슴츠레한 눈으로 내려다보았다.

“당신 도시락이야.”

그러자 남루스는 마뜩잖은 얼굴로 대답했다.

“……뭐어?”

“오늘은 루미아가 당신에게 만들어주는 날이었잖아? 그래서 내가 대신 만들어왔으니 감사히 여겨.”

“그, 그래? 뭐, 준다면 고맙게 받겠다만…….”

예상치 못한 일이었지만, 글렌은 내심 기뻐하며 냉큼 도시락 뚜껑을 열었다.

그러자 그 안에는…… 원래 식재료가 뭐였는지 알아볼 수도 없는 기묘한 암흑물질(다크매터)이 가득 채워져 있었고, 필설로 형용할 수 없는 자극적인 냄새가 교실 안으로 퍼져 나갔다.

“우, 우와아…… 참 맛있어 보이는 달걀말이네?”

“샌드위치야.”

글렌은 그저 입을 다물 수밖에 없었다.

주위의 학생들이 마른침을 삼키며 지켜보는 가운데, 두 사람은 잠시 침묵한 후—.

“……자, 먹어.”

“이딴 걸 어떻게 먹어!”

남루스가 아무렇지 않게 도시락을 내밀자 글렌은 기겁했다.

“너 말야! 이런 종류의 이벤트에서 허용되는 건 기껏해야 소금과 설탕을 착각하는 귀여운 실수까지거든?! 날 식중독으로 죽일 셈이야?!”

"모처럼 열심히 요리해 온 건데 말이 좀 심한 거 아냐, 글렌?"

"시끄! 이 산업 폐기물이 요리라고?! 전국의 농가에 사과해! 전국의 요리사들에게 사과해!"

"너무하네. 겉보기는 좀 그렇지만, 먹을 수 있는 재료를 써서 만든 거니까 충분히 먹을 수 있거든?"

남루스는 왠지 실망하는 기색을 보였다.

"그럼 너부터 먹어봐."

"……알았어."

그녀는 글렌을 차갑게 흘겨보며 포크를 들었다.

"내가 먹으면 당신도 먹어주는 거지?"

"그, 그래……."

그리고 정체를 알 수 없는 암흑물질의 일부를 찔러서 입에 넣고 씹었다.

"……."

하지만 다음 순간, 몸이 갑자기 파르르 떨리며 굳더니 안색도 파랗게 변하기 시작했고—.

"우, 우우우우우우우욱?! 쿨럭! 크흡! 커헉!"

이어서 눈알이 튀어나올 정도로 눈을 부릅뜬 남루스는 입가를 누르며 고통스럽게 몸부림쳤다.

"컥! 콜록! 우욱! 으으으으으읍! 으아아아아아아아아!"

"나, 남루스? 너, 너무 무리하진 말고……."

"하아……하아…… 헉……헉…… 머, 먹었어……."

심상치 않은 반응 끝에 얼굴이 창백하게 질린 남루스는 거친 숨을 내쉬며 눈물이 글썽이는 눈으로 글렌을 돌아보았다.

"자…… 제대로 문제없이 먹었지? ……당신도 먹어."

"싫거든?!"

글렌은 그 자리에서 한 치의 망설임도 없이 달아났다.

"앗, 글렌! 거기 서!"

그러자 남루스도 악귀 같은 표정으로 그 뒤를 쫓았다.

"사, 사람 살려어어어어어어어어!"

그런 두 사람의 술래잡기는 점심시간이 끝날 때까지 계속되었다.

그 후에도 글렌은 수업시간과 쉬는 시간마다 남루스가 일으키는 소동에 말려들었다.

"아, 해냈어! 이것 좀 봐, 글렌! 내가 만든 부적이야. 어때?"

"오. 보석에 대(大) 룬을 잘 새겼는걸?"

"흥, 당연하지. 근대의 미적지근한 마술쯤이야 내가 진심으로 하면……."

"그건 그렇고 이거 하나 만드는데 네가 보석을 몇 개나 날려먹었지?"

"……시끄러워."

그리고 방과 후.

"이제야 겨우 오늘이 끝났군……."

완전히 초췌해진 글렌은 교탁 위에 힘없이 엎드렸다.

"고, 고생하셨어요. 선생님."

"글렌, 오늘은 바빠 보였어."

그러자 시스티나와 리엘이 위로의 말을 건넸다.

"흥, 꼴사납기는."

"……이게 다 누구 때문인데."

한편, 남루스가 퉁명스럽게 쏘아붙이자 글렌은 원망스러운 눈으로 그녀를 흘겨보았다.

"뭐, 아무렴 어때. ……자, 남루스. 약속대로 하루가 지났어."

"……!"

하지만 글렌이 그렇게 말하자 남루스는 표정을 굳히며 입을 다물었다.

"슬슬 루미아에게 그 몸을 돌려줘. 후우…… 이걸로 좀 조용해지겠군."

그 반응을 보지 못한 글렌이 안도의 한숨을 내쉰 순간—.

"……싫어."

"뭐?"

남루스가 반사적으로 내뱉은 그 한 마디에 글렌과 시스티나와 리엘의 표정이 얼어붙었다.

하지만 남루스는 개의치 않고 책상 위에 걸터앉은 뒤 요염하게 다리를 꼬고 쿡쿡 웃기 시작했다.

"……갑작스럽겠지만, 난 한동안 이대로 지내기로 했어."

바로 글렌과 남루스 사이에 불온한 분위기가 감돌기 시작했다.

"……야, 아까랑 이야기가 다르잖아. 그 몸은 루미아 거야. 냉큼 돌려주기나 해."

"닥쳐. 말끝마다 루미아, 루미아…… 뭐야. 혹시 당신 그 애한테 반했어?"

"아니야! 그런 게 아니라고! 아무튼 너, 계속 그런 식으로 나오면 진짜 심령수술로 떼어내 버리는 수가 있다?!"

약속 위반에 글렌이 화를 내자 남루스는 차갑게 웃더니 갑자기 비명을 질렀다.

"꺄아아아아아악! 누, 누가 좀 도와주세요!"

"어? 자, 잠깐 너……."

""""루미아 니이이이이이이이이이이이이이임!""""

""""대체 무슨 일이십니까아아아아아아아아아아아!""""

그러자 어디선가 나타난 루미아 팬클럽 회원들이 교실 안으로 우르르 몰려들었다.

"부탁이에요! 다들, 좀 도와줘요! 저 쓰레기 교사가 절 강제로……."

""""저 망할 자식이이이이이이이이이이이?!""""

""""자세한 사정은 모르겠지만, 아무튼 용서 못 해애애애!""""

루미아가 늘 글렌만 특별하게 대한 것도 한몫 했는지 팬클럽 회원들은 분노를 터트리며 그에게 마구잡이로 달려들었다.

"꺄악?!"

"읍, 방해돼!"

인파에 휘말린 시스티나와 리엘도 옴짝달싹 못 했다.

"남루스, 너?! 이게 무슨 짓이야! 거기 꼼짝……."

"아하하! ……글렌 선생님? 평안하시길. 그럼 내일 또 봬요."

남루스는 학생들에게 붙잡혀서 엉망이 된 글렌을 차갑게 비웃으며 교실을 뒤로했다.

"흥! 진짜 루미아만 찾아대기는……!"

그대로 남루스는 학교 정문을 지나 거리로 나왔다.

"그건 그렇고 학창생활이라……. 응, 의외로 나쁘지 않았어."

그녀는 자신도 모르는 사이에 원하던 장난감을 받은 어린아이처럼 순수하게 웃고 있었다.

"앞으로 한동안 지루하진 않을 것 같네."

왠지 모르게 가슴이 뛰는 걸 느끼며 그렇게 중얼거린 그때—.

"으윽?!"

난데없이 등에서 느껴진 전격 마술의 충격에 눈을 부릅떴다. 온 몸에서 힘이 빠지고 무릎이 꺾이더니 그 자리에 맥없이 쓰러지고 말았다.

'어, 어라? 지금 뭐지……?'

흐려져 가는 의식 속에서 남루스는 자신이 누군가에게 안겨 어딘가로 옮겨지는 것을 어렴풋이 느꼈다.

………….

"……으……음?"

문득 정신을 차리고 보니 남루스는 어느 어둑어둑한 창고 안 같은 장소에 누워 있었다.

손은 뒤로 묶여 있는 데다 다리도 튼튼한 밧줄로 구속된 상태였다.

"……뭐……뭐야 이게……."

"……정신이 들었어? 루미아. 히히히……."

놀라서 몸을 뒤척이며 주위의 상황을 살피자, 로브로 온몸을 가린 앙상한 얼굴의 낯선 청년이 눈앞에 있었다. 거친 숨과 형형하게 빛나는 눈, 부스스한 머리카락이 절로 생리적 혐오감을 자극했다.

"……누구야, 당신?"

남루스는 인상을 쓰며 물었다.

"루미아…… 오늘은 그 이상한 교사가 곁에 없더라?

남자는 기분 나쁘게 웃으며 말했다.

"나는 널…… 줄곧 지켜보고 있었어. 이제야 겨우 이렇게 너와 대화를 할 수 있게 됐네? 히히히……."

"……칫."

남루스는 사납게 눈을 치뜨며 짜증스럽게 혀를 찼다.

"뭐야? 당신. 역겨워. 까불지 말고 어서 이거나 풀라구, 이 쓰레기."

그리고 맹독을 바른 듯한 언어의 칼날을 휘둘렀다.

"그, 그게 아니야아아아아아아!"

그러자 남자는 별안간 격노하더니 남루스의 목을 조르기 시작했다.

"허……억?! 크윽?!"

"루미아는 그딴 식으로 말 안 해! 루미아는 훨씬 더 상냥하고 천사 같은 여자애라고! 그런데 뭐야! 이 거리의 창녀 같은 꼬락서니와 말투느으으으은!"

"윽…… 아악……!"

"용서 못 해! 너, 넌…… 날 배신한 거야! 절대로 용서 못 해!"

이윽고 남자가 남루스를 사납게 밀쳤다.

"컥?!"

덕분에 겨우 해방된 그녀는 애타게 산소를 갈구하며 숨을 헐떡였다.

"콜록! 쿨럭!"

"앗…… 미안, 루미아. ……괴로웠어?"

"이, 이게…… 잘도!"

남루스는 원독에 찬 눈으로 남자를 노려보았다.

"내가 누군지 알기나 해?! 나약하고 왜소한 인간 따위가 감히 나에게 이런 짓을…… 각오해! 당신의 육체를 짓뭉개고, 마음을 분쇄하고, 영혼을 갈기갈기 찢어서 명부(冥府)에 뿌려줄 테니까……!"

그리고 마치 지옥에서 울려 퍼지는 듯한 목소리로 남자를 위협했다.

'어……?'

하지만 곧 남루스는 자신의 어깨와 입술이 희미하게 떨리는 것을 자각했다.

'……이, 이 감각은…… 뭐지?'

그것은 남루스가 정신이 아득해질 정도로 긴 시간의 흐름 속에서 망각해버린 원초적인 감정인…… 공포였다.

왜소한 인간의 그릇에 들어온 탓에 방금 막 그 감정이 극적으로 되살아난 것이다.

"마, 말도 안 돼. 이, 이 내가? 이런 쓰레기에게 겁을 먹어……?"

"닥쳐! 루미아는 그딴 식으로 말 안 한다고 했지!"

남루스가 아연실색한 순간, 남자가 격노하며 뺨을 후려쳤다.

"아……."

그것이 결정타였다.

더는 얼버무릴 수 없는 공포가 마음속에서 끊임없이 넘쳐나와 자신을 집어삼켰다.

"……으."

그 떨림이 온 몸으로 퍼져나가자 이가 간헐적으로 부딪쳐서 소리를 내기 시작했다.

"무, 무섭게 해서 미안. 루미아……. 그런데 전부 네 잘못인 건 알지?"

"……으……아아……."

"하지만 걱정하지 마. ……네가 원래의 천사 같은 모습으로 돌아올 수 있도록…… 내가 다시 교육시켜줄 테니까. 응?"

그리고 남자가 기분 나쁘게 웃으며 꺼낸 것은 대체 어디서 입수한 건지 모를 마술학원의 여학생용 교복과 쇠사슬이 달린 목줄이었다.

"……?!"

그것을 본 남루스는 무심코 숨을 삼켰다. 강렬한 혐오감과 공포를 느끼는 동시에 끔찍한 미래를 떠올렸기 때문이다.

차라리 지금 당장 이 몸을 루미아에게 넘기고 자신만 달아나는 것은…….

'그, 그 애를 희생양으로 삼고 나만 도망쳐? 그, 그런 게 가능할 리 없잖아! 하, 하지만 그럼 어떻게 해야……!'

공포에 질린 그녀의 사고는 제대로 된 타개책을 떠올릴 수 없었다.

"히히히…… 괜찮아. 걱정하지 마. 일단 옷부터 갈아입……."

"누, 누가…… 좀 도와……."

남자가 그렇게 말하면서 손을 천천히 내밀었고, 아무것도 할 수 없는 남루스가 몸을 작게 움츠리며 눈을 질끈 감은 순간이었다.

—괜찮아요, 남루스 씨.
—이제 곧 선생님이…….

마음속 어딘가에서 그런 속삭임이 들렸다. 지금 자신의 마음을 지배하고 있는 동요나 공포와는 거리가 먼 그 목소리에는 누군가를 향한 신뢰만이 가득했다.
"……?!"
퍼뜩 놀란 남루스가 눈을 크게 떴을 때—.
"으라차!"
쾅!
누군가가 창고 문을 걷어차고 안으로 달려 들어왔다.
"역시 만에 하나의 상황을 대비해서 루미아에게 탐지 마술을 걸어두길 잘했군!"
"그, 글렌?!"
글렌의 등장에 남루스는 눈을 휘둥그레 떴다.
"너, 넌 나의 루미아에게 항상 들러붙어 있던 그 교사?! 제길! 나와 루미아의 사랑의 보금자리에 대체 무슨 볼일……!"
"닥쳐! 이 변태 스토커 자식아아아아!"

"으거어어어어어어어어억?!"

그리고 그는 다리를 멈추지 않고 그대로 달려와 스토커에게 강렬한 킥을 선사했다.

"참 나…… 이래서 오늘 하루는 내 옆에서 떨어지지 말라고 했던 건데."

"윽…… 미안."

스토커를 포박해서 페지테의 경비관에게 넘긴 글렌은 루미아의 몸에서 나온 남루스에게 끊임없이 설교를 퍼붓고 있었다.

하지만 그녀는 평소와는 달리 풀이 죽은 모습으로 아무런 반박도 하지 않고 있었다.

"요즘 루미아는 스토킹을 당하고 있었어. 그런데 또 어중간하게 마술을 익힌 녀석이라 지금까지 좀처럼 꼬리를 드러내지 않았는데…… 뭐, 어찌 보면 네 덕분에 잡았다고 볼 수도 있겠군."

"지, 진정하세요. 선생님."

화가 난 글렌을 루미아가 달랬다.

"남루스 씨도, 저도 무사했으니 여기까지만……."

"뭐, 당사자가 용서하겠다고 하니 설교는 이쯤 해두겠다만……."

글렌은 짜증스럽게 혀를 차며 다시 남루스를 노려보았다.

"그건 그렇고 너…… 루미아의 몸을 빼앗은 이유는 대체 뭐야? 이만큼 주위에 폐를 끼치고 다녔으니 이제 슬슬 말해 줘도 좋잖아?"

그러자 한동안 무거운 침묵을 유지하던 남루스는 시선을 피한 뒤 입을 열었다.

"글쎄? 그냥 좀…… 부러웠던 걸지도. 매일 학교에서 즐겁게 지내는 당신들이."

예상치 못한 대답에 글렌은 무심코 숨을 삼켰다.

"난 육체가 없어. 그리고 당신들처럼 함께 떠들어줄 사람도 없고. ……그래서 장난삼아 한 번 학교에 다녀본 거야. 어때? 딱히 대단한 이유는 아니었지?"

장난. 대단한 이유는 아니었다.

남루스는 등을 돌린 채 평소처럼 담담한 목소리로 말했지만, 그 뒷모습은 어딘지 모르게 평소보다 작아 보였다.

"……에휴."

그러자 감정을 향할 대상을 잃은 글렌은 마지못해 한숨을 내쉬며 시선을 돌렸다.

"이제 됐지? 그럼 난 이만 사라질게."

남루스는 다시 글렌 일행을 돌아보고 말했다.

"흥, 이런 시시한 경험은 하루면 충분해. 이제 당신들의 일상에는 두 번 다시 간섭하지 않겠다고 약속할게."

그리고 루미아를 힐끔 쳐다본 후—.

"……미안."

모기처럼 작은 목소리로 사과의 말을 남기고 그대로 사라지려 한 그때였다.

"남루스 씨!"

루미아가 그런 그녀를 불러 세웠다.

"……왜?"

"저기…… 혹시 또 학창생활을 만끽하고 싶으시면 사양하지 말고 저에게 말씀해주세요."

"……"

예상치 못한 제안에 남루스는 눈을 깜빡였다.

"뭐어? 당신은 화도 안 나? 난 오늘 당신의 교내 평판을 엉망으로 만들어버린 당사자거든?"

"아하하, 그건 좀 곤란할지도……."

루미아는 모호하게 웃을 수밖에 없었다.

"하지만 제 평판 따윈 아무래도 상관없어요. 남루스 씨, 오늘 즐거우셨죠? 전 계속 잠들어 있었지만…… 왠지 모르게 알 수 있거든요."

"……"

"그리고…… 전 남루스 씨가 그런 식으로 혼자 쓸쓸하게 지내는 게 더 싫답니다. 그러니……."

"에휴."

그러자 글렌도 머리를 벅벅 헤집고 남루스를 흘겨보았다.

"뭐, 학창생활을 경험하고 싶은 거면 나도 딱히 상관은 없지만…… 다만, 그때는 좀 얌전히 지내. 오늘처럼 괜히 소란 피우지 말고."

남루스는 잠시 그런 루미아와 글렌의 얼굴을 번갈아 쳐다보았다.

"흥…… 난 당신들의 그런 점이 정말 싫어."

그리고 쌀쌀맞게 시선을 피한 후—.

"그래도…… 고마워."

간신히 들릴 정도의 작은 목소리로 감사를 전하며 그대로 허공에 녹아 사라졌다.

"……진짜 영문을 알 수 없는 녀석일세."

글렌은 그녀가 사라진 자리에 시선을 고정한 채 어깨를 으쓱였다.

"하지만 언젠가 오면 좋겠네요. 남루스 씨도 저희와 함께 즐겁게 지내는 그런 날이……."

"……뭐, 그럴지도."

루미아가 그렇게 말하자 글렌은 머리를 긁적이면서 쓴웃음을 지었다.

며칠 후 마술학원.

"찾았다! 선생님! 또 이런 곳에서 농땡이를 부리고 계셨던 거예요?!"

"컥?! 하얀 고양이?!"

"아하하……."

여느 때와 다름없이 시끌벅적한 글렌과 시스티나를 따스한 눈으로 지켜보고 있던 루미아는 불현듯 나무 뒤에서 이쪽을 부드럽게 바라보는 누군가의 시선을 느끼고 잠시 그쪽을 돌아보았다.

"응? 왜 그래? 루미아."

"으응, 아무것도 아니야."

리엘이 고개를 갸웃거리자 루미아는 가볍게 웃었다.

"자, 우리도 따라가 볼까?"

"응. 갈래."

그리고 리엘의 손을 잡고 글렌과 시스티나의 뒤를 쫓기 시작했다.

꾀병 간병☆대전쟁

A Totally Sick Struggle

Memory records of bastard magic instructor

그것은 정말 갑작스러운 일이었다.

"크……."

알자노 제국 마술학원 2학년 2반 교실의 교단에 서서 칠판 위에 분필로 필기 중이던 글렌의 몸이 휘청거린 것은…….

"서, 선생님?!"

"괜찮으세요?!"

"글렌?!"

그런 이상 사태를 목격한 시스티나, 루미아, 리엘이 자리를 박차며 일어섰고 다른 학생들도 웅성거리면서 동요를 드러냈다.

"아, 아무것도 아냐. 자, 얼른 자리에나 앉아. 수업을 계속……"

바닥에 무릎을 댄 글렌은 다시 일어서려 했지만 몸에 힘이 들어가지 않는지 다시 비틀거리면서 쓰러졌다.

"……?!"

모두가 마른침을 삼키고 지켜보는 가운데, 시스티나와 루미아와 리엘은 바로 교단 위에 엎어진 글렌을 향해 달려갔다.

"앗, 뜨거! 세상이 무슨 열이……!"

글렌의 이마에 손을 댄 시스티나가 아연실색했다. 그의 몸이 놀랄 정도로 뜨거웠기 때문이다.

자세히 보니 글렌은 호흡이 거칠고 이마가 땀으로 흠뻑 젖은 데다 시선도 초점이 맞질 않았다.

"서, 선생님! 이런 몸으로 수업을 하고 계셨던 거예요?!"

"흐, 안심해……. 그냥 감기니까. 헉……헉…… 콜록! 시험도 얼마 안 남았으니, 너희에게 폐를 끼칠 수는…… 콜록!"

의식이 몽롱한 글렌은 그녀들의 손을 뿌리치고 일어서려 했다.

"콜록! 콜록! 자…… 너희도 어서 자리로 돌아가. 수, 수업을 계속……."

하지만 거기까지 말한 순간, 또 몸이 휘청거렸고—.

"……윽."

다시 그대로 교단 위에 쓰러지고 말았다.

"선생님?! 세, 세상에!"

"저, 정신 차리세요!"

"글렌?! 글렌! 싫어, 안 돼! 눈을 떠!"

이 긴급 사태에 2반 학생들은 모두 어쩔 줄 몰라 당황할 수밖에 없었고 그날 수업은 당연히 전부 중지되었다. 그 후 특히 루미아의 강한 추천에 의해 글렌은 한동안 학교를 쉬고 자택에서 요양하기로 결정이 났다.

"콜록! 콜록! 야, 그게 대체 무슨 소리야! 지금 내가 쉬면 너흰 어쩌려고……!"

"정말이지! 그런 죽을 것 같은 얼굴을 하고 대체 무슨 말씀을 하시는 거예요! 자기 몸부터 먼저 신경 쓰시라구요!"

글렌이 힘없는 목소리로 저항했지만 시스티나를 비롯한 학생들은 그를 억지로 마차에 태워서 집으로 돌려보냈다.

—그리고.

"……작전 성공!"

집으로 가는 마차 안, 글렌은 천연덕스럽게 웃으며 승리의 포즈를 취했다.

"크흐흐! 보았느냐! 이 몸의 완벽한 연기! 박진감 넘치는 꾀병 연기를!"

……글렌은 여전히 변함없는 글렌이었다.

"이야~ 요즘 들어서 이상하게 바빴단 말이지! 뭐랄까~ 학생들의 시험 대책 지도로 수면 시간도 줄어들고 피로도 잔뜩 쌓이는 바람에 컨디션이 안 좋아져서 슬슬 좀 쉬고 싶었단 말씀이야!"

그래서 마술학원의 천재 마도공학 교수이자 변태 마스터인 오웰 슈더가 만들어준 어떤 발명품을 사용한 것이다.

그 이름하야『꾀병약』.

섭취 시 발열과 심박 상승과 발한(發汗) 등의 감기와 매우 비슷한 신체 반응이 일어날 뿐인 너무나도 무의미한 마술약이었다.

“가끔은 그 변태의 발명도 도움이 되는구만……. 내 연기력에 이 『꾀병약』을 더하면 뭐 이 정도쯤은 식은 죽 먹기지!”

하지만 그 순간, 조금 전까지 걱정스러운 눈으로 자신을 보던 학생들의 불안하고 안쓰러운 표정이 머릿속을 스쳐지나갔다. 아마 그 자리에서 꾀병을 의심한 사람은 아무도 없었으리라.

그래선지 아주 살짝 양심이 찔렸지만—.

“나, 나랑 무슨 상관이야! 아, 아무튼 난 진짜 까무러칠 정도로 피곤했다고! 그, 그러니 좀 쉬는 게 뭐 어때서!”

그렇다. 사실 글렌은 이 날을 위해 평소보다 수업을 공들여 진행한 덕분에 진도에는 여유가 있는 데다 일부러 자습과제까지 준비해둔 상태였다.

그러니 2, 3일쯤 쉬어도 학생들에게는 아무런 지장도 없을 터.

“좋았어! 오랜만에 느긋하게 놀면서 쉬는 거야!”

비좁은 마차 안에서 글렌은 철딱서니 없는 아이처럼 기쁨의 환호성을 터트렸다.

한편, 같은 시각 교실.

‘……뭔가 이상해.’

시스티나는 루미아, 리엘과 함께 글렌이 내준 과제를 풀면서도 의심스러운 표정으로 그런 생각에 잠겨 있었다.

'아까는 너무 놀라서 눈치채지 못했지만…… 냉정히 잘 생각해보니 완전 이상해.'

그녀의 고운 미간이 찌푸려졌다.

'우연히 수업 진도가 빨라서 선생님이 안 계셔도 문제없는 상황…… 마치 미리 준비해둔 것 같은 사흘 분량의 자습 과제…… 덩달아 세실리아 선생님과 아르포네아 교수님이 제도의 학회에 출장 중…… 전부 타이밍이 지나치게 좋지 않아?'

날카로웠다.

'하필 이럴 때 몸 상태가 나빠져서 병가? 그게 말이나 돼? 그 인간이랑 오래 알고 지낸 내가 보기에…… 이럴 때는 틀림없이 뭔가가 있어!'

엄청나게 감이 날카로웠다.

때마침 며칠 전에 복도에서 얼핏 들은 글렌과 오웰의 대화 내용도 떠올랐다.

분명 그때 두 사람은 『약』, 『꾀병』, 『일시적으로 감기 증상을 일으킴』, 『이 이야기는 비밀로』라는 말을 입에 담았을 터.

그때는 바빠서 무시했지만 이 우연치고는 너무나도 잘 들어맞는 상황 증거에 시스티나는 하나의 결론을 내릴 수밖에 없었다.

'백퍼센트 틀림없는 꾀병이야! 그것도 아마 학교를 땡땡이 치기 위한!'

그렇게 확신한 순간, 뱃속에서 용암처럼 뜨거운 분노가

치솟았다.

'진짜 뭐 이런 인간이 다 있지?! 나, 난 진심으로 걱정했는데! 하마터면 울 뻔한 걸 필사적으로 참았는데!'

"가, 갑자기 왜 그래, 시스티?"

"응. 화났어?"

당장에라도 부러트릴 것처럼 깃털펜을 움켜쥔 시스티나의 모습을 본 루미아와 리엘이 의아한 얼굴로 고개를 갸웃거렸지만 지금은 그쪽을 신경 쓸 여유가 없었다.

'이익, 절대로 가만 안 둬. ……그런데 선생님이 슈더 교수님에게서 『일시적으로 감기 증상을 일으키는 약』 같은 걸 받은 건 틀림없겠지만, 증거가 없어. 시치미를 떼면 그걸로 끝인데…… 아!'

"아, 맞아. 루미아!"

그 망할 교사를 어떻게 혼내줄지 고민하던 시스티나는 마침 좋은 생각이 떠오르자 애써 밝은 목소리로 루미아를 불렀다.

"그러고 보니 지금 아르포네아 교수님이 출장 중이라 선생님은 집에 혼자 계신 거지?"

"응. 그건 그런데…… 그게 왜? 시스티."

"응. 나한테 좋은 생각이 있는데……."

시스티나는 의기양양하게 웃으며 한 가지 제안을 건넸다.

"이야~! 학교를 땡땡이 치고 읽는 소설은 진짜 재미있구만! 마침 존 시프스의 최신간도 제법 쌓였던 참인데 말이지!"

아르포네아 저택 거실 소파에 앉아 있는 글렌은 유리 테이블 위에 대량의 서적과 다리를 올린 채 아주 유유자적한 시간을 보내고 있었다.

"오옷?! 오오옷?! 여기서 설마 신 히로인 참전?! 그 딱 봐도 노처녀 확정일 것 같은 여자가 이런 식으로 나온다고?! 꺄하하하! 아주 좋군, 좀 더 해!"

한 손에 책을 든 글렌은 테이블 위에 둔 와인 병을 들고 옆에 있는 유리잔에 따랐다.

그리고 책을 읽으면서 와인을 단숨에 들이켜고 술안주인 치즈 조각을 이쑤시개로 꽂아 입에 넣었다.

"크아~! 맛 조타아아아아! 역시 대낮부터 일도 안 하고 마시는 술은 최고야!"

완전히 글러 먹은 인간의 표본이었다.

"으하하하하하! 꾀병 만세에에에에에! ……앗."

그렇게 인생의 봄을 만끽하던 글렌의 몸이 별안간 힘을 잃고 휘청거렸다.

"……뭐지? 왠지 이상하게 취기가 빨리 도네? 피곤해서 그런가……. 거기다 왠지 좀 졸리기도 하고……."

하지만 그냥 무시하기로 하고 페이지를 넘기며 와인을 입에 가져다 댄 순간—.

캉! 캉! 캉!

누군가가 정문의 도어노커를 두드리는 소리가 들렸다.

"거 참…… 누구지? 하필 사람이 모처럼 자택 요양 중일 때……."

잠시 투덜거린 글렌은 일단 방문자의 정체를 확인하기 위해 원견 마술을 발동했다.

그러자 먼 곳으로 날아간 시야가 현관 앞에 서 있는 자들의 모습을 포착했다.

"선생님, 일어나 계실까? 실례가 안 되면 좋겠는데……."

"……안심해, 루미아. 그 인간은 분명 안 자고 있을 테니까."

"……시스티나, 왠지 무서워."

"컥?! 저 녀석들이 왜 여길?!"

경악한 글렌은 자칫 유리잔을 떨어트릴 뻔했다.

방문자의 정체가 다름 아닌 루미아와 시스티나와 리엘이었기 때문이다.

그리고 루미아는 손에 꽃을, 리엘은 과일 바구니를 들고 있는 것으로 봐선…….

"서, 설마 병문안?! 쓰, 쓸데없는 짓을!"

위기다. 이건 치명적인 위기였다.

아르포네아 저택의 문은 물리적인 열쇠가 아닌 마술로 잠겨 있지만, 세리카가 만에 하나의 상황을 대비해 저 셋에게도 해제 주문을 알려줬다는 건 글렌도 알고 있었다.

따라서 자신이 집에 없는 척을 해도 직접 확인하러 안에 들어올지도 모른다는 생각에 도달한 그때—.

"《해정(解錠)》."

역시나 시스티나가 문에 걸린 주문을 해제했다.

그 과감한 행동에 놀란 루미아와 리엘이 눈을 깜빡거렸다.

'크, 큰일 났다! 저 녀석에게 꾀병인 걸 들켰다간 날 죽이려 들 텐데!'

황급히 거실을 뛰쳐나온 글렌은 최대한 발소리를 죽이고 계단을 올라 자기 방으로 달려 들어갔다. 그리고 만약을 위해 주머니에 넣어둔 『꾀병약』을 한 모금 마시고 침대 위로 올라 이불을 덮었다.

그렇게 조마조마한 심정으로 기다리고 있자 이윽고 복도 쪽에서 누군가가 다가오는 기척이 느껴졌다.

똑, 똑, 똑.

"저기…… 실례하겠습니다. 선생님, 혹시 주무세요?"

조심스러운 노크 소리가 들린 순간—.

"콜록! 콜록! 아, 아니…… 깨어 있는데……."

글렌은 과장스럽게 기침을 하며 괴로운 목소리로 대답했다.

그러자 문이 열리고 낯익은 소녀들이 눈앞에 모습을 드러냈다.

"뭐, 뭐야. 너희였어? ……미안, 의식이 몽롱해서…… 온지도 몰랐군, 콜록!"

글렌은 괴로운 듯(연기) 천천히 상체를 일으켰다.

"아프신데 찾아와서 죄송해요."

"글렌…… 괜찮아?"

루미아와 리엘이 걱정스럽게 말했다.

"후우……후우…… 그리 괜찮지는 않지만…… 무슨 일이야? 혹시 병문안? 미안하다, 너희도 바쁠 텐데…… 콜록!"

박진감 넘치는 연기였다.

"거 참, 면목이 없구만, 콜록! 이런 중요한 시기에 자리를 비우다니…… 선생 실격이야, 콜록! 콜록!"

"아뇨, 아니에요. 그런 건 신경 쓰지 마세요."

"응. 글렌…… 지금은 푹 쉬어."

루미아와 리엘이 전혀 의심하는 기색을 보이지 않자, 글렌은 내심 「나, 어쩌면 배우가 될 수 있을지도……」라는 바보 같은 생각을 했다.

"……뭐, 고맙다. 아무래도 병에 걸리니, 마음도 약해진 것 같아서…… 이렇게 보러 와준 것만으로도 기쁘네. 콜록! 콜록!"

글렌의 연기는 계속되었다.

"……하지만 그만 돌아가. 너희들한테까지 감기를 옮기면 안 되니까."

"아뇨, 그럴 수는 없어요."

하지만 루미아는 단호히 거절했다.

"지금 집에 선생님밖에 안 계신 거죠?"

"응? 아, 그야 뭐…… 세리카가 출장 중이니까."

"그럴 것 같아서 시스티가 오늘은 선생님을 저희가 간병해 드리자는 말을 꺼냈거든요. 그러니 안심해주세요."

"……뭐?"

전혀 예상치 못한 전개에 글렌의 표정이 굳었다.

'쓰, 쓸데없는 짓을!'

하지만 그런 속내를 드러낼 수는 없었다.

"콜록! 콜록! 자, 잠깐만…… 그런 건 좀 미안한데……."

"안 돼요. 식사나 정리 같은 것도 전부 혼자서 할 생각이셨죠? 그럼 나을 병도 안 낫는다구요. 그러니 오늘은 저희에게 맡겨주세요."

"응! 나, 글렌이 빨리 낫도록 열심히 간병할 거야!"

순수한 선의를 보이는 그녀들을 보면 도저히 거절할 수 있는 분위기가 아니었다.

아니, 애당초 수업 도중 쓰러질 정도로 심한 감기에 걸렸다는 설정이니 여기서 거절하는 건 부자연스럽기 짝이 없는 일이리라.

“으……으으…… 그, 그럼…… 부탁해도……될까? 콜록! 콜록!”

“예, 맡겨만 주세요.”

“응, 맡겨줘.”

승낙을 받은 루미아는 꽃처럼 활짝 웃었고 리엘은 거칠게 콧김을 불며 가슴을 활짝 폈다.

‘어휴…… 왠지 일이 이상하게 커졌구만…….’

글렌은 속으로 한숨을 내쉴 수밖에 없었다.

“……저기요, 선생님.”

하지만 그런 두 소녀와 달리 시스티나는 어딘지 모르게 싸늘한 표정으로 글렌에게만 들리도록 작은 목소리로 말을 걸었다.

“어, 어 왜? 하얀 고양이. 콜록! 콜록! 콜록!”

글렌은 마치 재판장에 선 피고가 된 듯한 기분으로 시스티나를 돌아보았다.

“질문이 하나 있는데요. 아까 여기로 오기 전에 거실을 슬쩍 봤는데…… 이상하게 어지럽혀져 있더라구요?”

“어?! 그, 그랬어?”

글렌은 움찔거리며 대답했다.

“……예. 책이랑 술병도 보이던데…….”

“그, 그건! 그, 그러니까…… 아, 맞아! 세리카! 세리카야! 그 녀석, 바쁘다는 핑계로 치우지도 않고 출장을 가버렸거든!”

쩔쩔매며 대답했다.

"흐응, 그래요? ……아르포네아 교수님께서 존 시프스의 책을 읽으신다구요? 전엔 시시한 대중소설이라고 무시하셨던 걸로 기억하는데……."

"그, 그건…… 그, 그 녀석도 최근에 존 시프스의 매력을 깨달은 모양이더라고! 개그와 배틀과 러브코미디의 조화가 훌륭하다면서!"

"흐응, 그래요? ……그리고 교수님께서 코르크 마개가 열린 술병을 그대로 내버려두는…… 귀한 와인을 저런 식으로 함부로 취급하는 분이셨던가요?"

"그, 그만큼 시간이 없어서 급히 나갔던 게 아닐까?!"

"거기다 선생님은 아파서 쉬신다면서 옷도 안 갈아입고 계시질 않나……."

"콜록! 콜록콜록콜록! 으아~! 열이~! 괴, 괴로워~!"

글렌은 노골적으로 마구 기침을 해댔다.

"서, 선생님?! 역시 몸에 부담이 가신 거죠?! 죄송해요, 이젠 무리해서 말씀하지 않으셔도 되요! 얼른 다시 누워주세요!"

"아프지 마! 글렌!"

루미아와 리엘이 무척 걱정스러워했다.

"흐응……."

하지만 시스티나는 실눈을 뜬 채 그런 글렌을 마치 품평하듯 훑어볼 뿐이었다.

'이런 타이밍에 간병은 무슨! 나름 오래 알고 지낸 난 알

수 있어. ……저 녀석은 분명 내가 꾀병이 아닐지 의심하고 있는 거야!'

글렌은 가짜 기침을 하면서 시스티나를 마치 불구대천의 원수라도 되는 것처럼 흘겨보았다.

하지만 그 순간 시스티나가 차갑게 비웃은 것 같은 느낌이 들었다.

'제길! 모처럼 오랜만에 챙긴 휴일을 뺏길까 보냐!'

'반드시 제가 그 가면을 벗겨드리죠! 각오하세요!'

마주친 두 사람의 눈에서 격렬한 불꽃이 튀었다.

"그, 그럼…… 미안하지만…… 부탁하마, 하얀 고양이. 신세 좀 질게……."

"아뇨, 괜찮아요! 저희야말로 평소에 늘 신세를 지고 있으니 사양하지 말고 얼마든지 의지해주세요!"

그리고 둘은 아름다운 악수를 나누었다.

"선생님. 무슨 일이 있으면 바로 불러주세요. 원하시는 게 있으면 뭐든지 말씀해주시구요."

"응. 글렌, 푹 쉬고 있어."

"흐응……."

그렇게 해서 루미아와 리엘은 진심으로 걱정하는 표정으로, 시스티나는 의심스러운 눈으로 글렌을 간병하기 시작했다.

'……제발 좀 참아주라.'

글렌은 침대에 누운 채 한숨을 내쉴 수밖에 없었다.

"……."

현재 방 안에는 자신과 시스티나밖에 없는 데다 심지어 그녀는 말없이 청소만 하고 있었기 때문이다.

"……저기요, 하얀 고양이 씨?"

그 무거운 침묵을 견디다 못한 글렌이 조심스럽게 말을 걸었다.

"청소가…… 너무 오래 걸리는 거 아닐까요?"

"……그게 무슨 말씀이세요? 제대로 꼼꼼하게 치워야 공기가 깨끗해져서 병이 낫는 것도 빨라지잖아요?"

말은 그렇게 하지만 거동으로 봐선 명백히 뭔가를 찾고 있는 눈치였다.

"아니, 그게…… 네가 너무 고생한다 싶어서……."

"……흐응? 혹시 방 안에 제가 보면 안 되는 물건이라도 있는 건가요?"

"……아, 아니. 그런 건 아니다만……."

"그럼 상관없잖아요."

이어서 옷장을 열고 안에 있는 옷들을 정리하기 시작했다.

'이, 이 녀석! 완전히 『꾀병약』을 찾고 있는 거구만! 결정적인 증거를 확보할 셈이야! ……세상에, 뭐 이리 눈치가 빠른 녀석이 다 있지?!'

'있어! 『일시적으로 감기 증상을 일으키는 약』은 분명 이 방 어딘가에 있을 거야!'

한편, 지금 시스티나는 완전히 눈앞에 보이는 게 없는 상태였다.

평소였다면 남의 집에서 이런 무례한 행동은 절대로 하지 않았겠지만 지금은 그런 생각이 조금도 들지 않을 정도로 화가 나 있었다. 머리에 피가 쏠린 것이다.

글렌이 쓰러졌을 때는 정말 진심으로 걱정했었다. 혹시 자신이 평소에 너무 부담을 줘서 그런 게 아닐지 진지하게 고민했을 정도였다.

그런데 그게 전부 연기였다니…… 걱정했던 자신이 너무 바보 같아서 더더욱 화가 나 견딜 수가 없었다.

'어디지? 대체 어디에 숨긴 거야? 이렇게 갑작스럽게 들이닥쳤을 때 증거를 숨길 가능성이 가장 큰 곳은 본인의 방일 터……. 반드시 찾아내고 말겠어!'

그렇게 청소 겸 수색 작업에 몰두했다.

'……?'

이윽고 시스티나는 책장에 꽂힌 책들 중에 일부만 튀어나온 곳을 발견했다. 마치 그 뒤에 뭔가가 있는 것처럼 책들이 끝까지 꽂히지 않은 것이다.

'……이게 뭐지?'

별 생각 없이 그쪽으로 손을 뻗은 순간—.

"스토오오오오오오오옵!"

글렌이 갑자기 벌떡 일어나며 제지했다.

"거, 거긴 손대지 마!"

그 반응에 시스티나는 순간적으로 확신했다.

'아하! 여기구나! 여기에 숨긴 거였어!'

글렌의 말을 무시하고 책들을 단숨에 뽑자 그 뒤에는 예상대로 공간이 있었다.

아무래도 2중 선반 타입의 책장이었는지 그 부자연스러운 틈 사이에 뭔가가 있는 것이 눈에 들어왔다.

'빙고!'

"머, 멈춰! 건드리지 마! 그것만은 제바아아아아아알!"

글렌이 황급히 달려왔지만 이미 늦었다.

시스티나는 책장 사이의 틈에 손을 넣고 그 안에 숨겨진 뭔가를 단숨에 끄집어냈다.

"……."

"……."

그리고 어색한 침묵이 방 안을 지배했다.

"……어?"

시스티나는 돌처럼 굳어버릴 수밖에 없었다.

자신의 손에 들려 있는 것은 잡지였다. 멋진 몸매의 젊은 처자들이 아슬아슬한 수영복을 입고 섹시한 포즈를 취한 사진이 페이지마다 빼곡하게 채워져 있었다.

잡지의 이름은 『미드서머 클럽』.

굳이 자세히 설명할 필요도 없겠지만 성인 취향의 조금 야한 대중잡지였다.

"……이, 이건."

시스티나의 뺨이 실룩거렸다.

"아니, 그게…… 그, 뭐시냐."

그리고 글렌의 뺨도 실룩거렸다.

"뭐, 뭐 어때! 나, 나도 신체 건강한 남자거든?! 그런 책 한둘쯤은 소장하고 있어도 전혀 이상할 것 없잖아!"

쩔쩔대며 묻지도 않은 말을 먼저 대답했다.

"아, 아니, 애당초 남자라면 그런 거에 관심을 갖는 게 지극히 당연하다고 봐. 응! 오히려 관심이 없으면 남자 실격 아냐?! 응! 그래. 다시 말해, 그런 책을 몰래 소장하고 있다는 거야말로 제대로 된 남자라는 증거……."

엄청나게 당황한 모양이었다.

"……질문이 하나 있는데요."

이윽고 멈춰 있던 시스티나의 시간이 움직이기 시작했다.

"지, 질문?! 그, 그래! 뭐든지 물어봐!"

"이 잡지에 실린 여자들은…… 다들 가슴이 엄청 크네요?"

"으, 응! 그러네!"

"선생님은 이런 타입이 취향이셨나요?"

"다, 다, 다, 당연하지!"

당황한 나머지 되는 대로 말을 내뱉고 말았다.

"와, 왕가슴이야말로 남자의 로망이자 이 세상의 진리니까! 아니, 말하지 않아도 알아! 좋아하는 여자의 가슴이야말로 최고라는 이상주의가 존재한다는 건 나도 알고 있고, 그것도 물론 하나의 진리라고 생각해! 하지만 난 설령 원리주의자라고 매도당한다 해도 남자로 태어난 이상 여자의 가슴 크기에 타협은 할 수 없어! 물론 여자들에겐 실례고, 나도 참 바보 같다고 생각하지만, 역시 남자라면 왕가슴을 동경하는 건 당연! 그것이야말로 본능! 거짓 없는 생물학적 사실! 그것을 난 페미니즘이 침투해서 하고 싶은 말이 있어도 마음대로 할 수 없는 요즘 시대에 강하게, 아주 강하게 주장하고 싶어!"

그러다 점점 열이 올랐는지 영문을 알 수 없는 최악의 논리를 마구잡이로 쏟아냈다.

"……큭!"

그렇게 열변을 토하는 글렌 앞에서 잡지에 실린 여자의 가슴과 자신의 가슴을 비교하던 시스티나는 갑자기 몸을 부들부들 떨기 시작했고—.

"이, 이 《바보》오오오오오오오오오오오옷!"

"우와아아아아아아아아아아아아아앗! 우째서?!"

눈물을 글썽거리며 【게일 블로】를 발동해 글렌의 몸을 창

밖 저 멀리 날려 버렸다.

“얘가 정말! 정신이 있는 거니 없는 거니? 선생님은 가뜩이나 몸도 편찮으신데!”

“그, 그치만…… 그치마안~!”

사정을 듣고 보기 드물게 약간 화가 난 얼굴이 된 루미아는 울상이 된 시스티나의 손을 잡고 복도로 끌고 나갔다.

“응. 내가 글렌을 간병할게.”

그 대신 방에 남은 건 리엘이었다.

“하아…… 이번에는 너냐.”

“……응.”

리엘은 글렌이 누운 침대 옆 의자에 오도카니 앉은 채 그의 얼굴을 빤히 내려다보기만 했다.

“…….”

“…….”

긴 침묵 속에서 시계 바늘이 규칙적으로 움직이는 소리만이 귀에 들어왔지만 솔직히 시스티나가 있을 때보다 백배는 마음이 편했다.

“……이러고 있으니 생각나네.”

그래선지 무심코 말이 나왔다.

“내가 제국군에 있을 때…… 네가 열이 나서 쓰러지는 바람에 내가 간병해 준 적이 있었잖아? 그때와 정반대군.”

“……응. 그때 글렌은 나한테 과일을 깎아줬었어.”

“그래, 그런 일도 있었지.”

글렌은 피식 웃었다.

‘……뭐, 내가 바라던 그림과는 좀 다르지만, 가끔은 이런 것도 나쁘지 않을지도.’

그리고 왠지 눈꺼풀이 무거워지기 시작했다.

아무래도 조금 전에 살짝 목을 축이기만 한 와인 때문이 아닐까 싶었다.

‘왠지 몸도 좀 무거우니 잠깐 자둘까…….’

그렇게 잠기운에 몸을 맡긴 채 눈을 감으려 한 그때였다.

“아, 글렌. 내가 과일 깎아줄게. 예전에 글렌이 해준 것처럼.”

리엘이 갑자기 그런 말을 꺼냈다.

“오, 진짜? 그런데 정말 할 수 있겠어?”

“괜찮아. 난 칼 쓰는 거 잘하니까.”

자신만만하게 대답한 리엘은 가까운 테이블 위에 둔 과일 바구니에서 사과를 하나 꺼내고 과도를 손에 쥐었다.

“흠, 그럼 부탁해. 맛있게 깎아줘.”

“응. 나만 믿어.”

짧은 대화 후, 리엘은 사과에 칼을 댔다.

‘뭐랄까…… 설마 이런 날이 올 줄은 상상도 못 했는데 말이지.’

당시에는 인간다운 반응을 조금도 보이지 않은 인형 같았던 소녀가 이렇게 걱정스러운 얼굴로 간병해주는 모습을 보고 있으니 더더욱 감회가 깊었다.

'……그냥 하고 싶은 대로 내버려두자.'

그렇게 생각한 글렌은 눈을 감고 사과를 깎는 기분 좋은 소리에 가만히 몸을 맡기기로 했다.

사각……사각……푹!

사각……사각……푸슛!

'……응?'

하지만 곧 사과 껍질을 깎는 소리에 가끔 불길한 소리가 섞이는 것을 눈치챘다.

사각……푹!

뚝! 투둑! 투두두둑!

또한 약간 점성이 있는 액체가 연이어 바닥으로 떨어지는 소리도.

'자, 잠깐만! 왜 사과를 깎는데 이런 소리가 들리는 거지?'

온 몸에서 식은땀이 흐르기 시작했다.

본능이 당장 눈을 떠서 리엘을 보라고 호소하고 있건만, 이성은 공포를 느끼고 거부했다.

팟! 팟! 푸욱!

"……아."

'대, 대체 무슨 일이 일어나고 있는 거지?! 아는 또 뭐냐고! 아는!'

"에잇, 될 대로 되라!"

결국 공포를 이겨낸 글렌이 몸을 벌떡 일으켜서 리엘을 돌아봤다.

"응. 다 깎았어."

그러자 그녀가 손에 든 뭔가를 눈앞으로 내밀었다.

그것의 정체는 삐뚤빼뚤하게 깎아서 그릇에 담은 사과였지만, 문제는 모양 쪽이 아니었다.

이미 껍질을 벗긴 사과인데도 전체적으로 새빨간 색이었다는 점이었다.

그렇다. 이건 피에 물든 사과였다.

"으아아아아아아아앗! 살인사건?!"

"글렌…… 먹어."

어딘지 모르게 자랑스러워하는 듯한 리엘의 오른손에는 피에 푹 젖은 과도가 들려 있었고, 왼손은 상처투성이에 피투성이였다.

요컨대 사과를 깎은 건지 자기 손을 난도질한 건지 모를 상태였던 것이다.

"시키지 말걸!"

글렌은 머리를 부둥켜안을 수밖에 없었다.

"어서 먹어."

"이딴 걸 어떻게 먹냐고, 이 바보야! 그보다 손! 얼른 손 좀 보여 봐!"

리엘의 무참하게 난도질된 손을 허겁지겁 소독한 글렌은 이어서 법의 마술(힐러 스펠)을 걸어주었다.

그 후에도 리엘의 간병은 엉망진창이었다.

"자, 글렌. 얼음주머니 가져왔어. 이마에 얹을게. 이걸로 열 내릴 거야."

침대 위에서 지쳐 누운 글렌의 이마에 부랴부랴 얼음주머니를 올린 순간—.

"오, 기분 좋…… 끄아아아아아아아아아악!"

글렌은 머리가 쪼개질 듯한 고통에 펄쩍 뛰었다.

"차가워! 아니, 차갑다기보다 아파! 뭐야?! 이 얼음주머니는! 대체 안에 뭘 넣었길래!"

눈물을 글썽거리며 욱신거리는 이마를 누르고 항의했다.

"응. 글렌의 열이 빨리 내려서, 빨리 건강해지라고…… 연금술로 공기 중의 이산화탄소를 모아서 연성한 드라이아이스를 넣었어. 어때? 차갑지?"

"이 멍청아! 날 죽일 셈이야?!"

하마터면 동상을 입을 뻔하거나…….

챙강!

"아, 체온계 깨졌네. 음…… 이 은색 액체는 뭘까? 반짝반짝해. ……예쁘다."

"거, 거기 손대지 마아아아아아아아아아아아아!"

바닥에 떨어트려서 깨진 체온계에서 흘러나온 수은을 맨 손으로 만지려고 하는 것을 황급히 막는 등…….

리엘 본인은 헌신적으로 열심히 간병하려 했지만 결과가 죄다 엉망이다 보니 그 뒤처리를 해야 하는 글렌은 정신적, 육체적인 피로만 계속 쌓일 뿐이었다.

심지어 백퍼센트 선의로 이루어지는 일이라서 더 질이 나빴다.

"얘가 정말! 정신이 있는 거니 없는 거니? 선생님은 가뜩이나 몸도 편찮으신데!"

"우으……."

그런 고로 이번에도 사정을 들은 루미아가 시무룩해진 리엘의 손을 잡고 복도로 끌고 나갔다.

"피, 피곤해. ……이러다 진짜 병나겠어."

덕분에 겨우 조용해지자 글렌은 침대 위에 힘없이 드러누웠다.

마음고생이 심했던 탓인지 기분도 별로 좋지 않았다.

잠시 후—.

"에휴…… 거참, 땡땡이치는 것도 쉬운 일이 아니구만."

소변이 마려워진 글렌은 화장실에서 볼일을 보고 그대로

방으로 돌아가려 하다가 주방 쪽에서 인기척을 느끼고 안을 슬쩍 들여다보았다.

"~♪"

그러자 루미아가 콧노래를 흥얼거리며 불 위에 올린 냄비 안을 휘젓고 있는 모습이 눈에 들어왔다.

"……오오."

글렌은 무심코 넋을 잃었다.

머리카락을 틀어 올리고 앞치마를 걸친 모습이 마치 결혼한 지 얼마 안 된 새댁처럼 보였기 때문이다. 앞치마를 걸치고 주방의 조리대 앞에서 요리하는 여자의 모습에 강한 감동을 느끼는 것은 남자의 본능인 것일까.

"아, 선생님?"

그 시선을 느끼고 돌아본 루미아가 한순간 기쁜 듯 웃었지만 곧 그녀는 말을 안 듣는 아이를 혼내는 것처럼 잔소리를 시작했다.

"정말이지, 이렇게 막 돌아다니시면 안 돼요. 제대로 쉬셔야죠."

"아, 응. 미안. 잠깐 화장실 좀 다녀왔어. 금방 돌아갈게."

"예, 뒷일은 저한테 맡기고 편히 쉬세요."

글렌이 얌전히 사과하자 루미아는 이번에도 밝게 웃었다.

왠지 쑥스러워진 글렌은 머리를 긁적이며 말했다.

"저기, 그건 그렇고…… 넌 지금 뭐 하는 거야? 저녁밥?"

"아뇨, 밥이 아니라…… 약을 조합하는 중이었어요."

"약? 혹시 내가 먹을?"

"예. 전 감기에 잘 듣는 약의 레시피를 알고 있거든요."

'아하, 요리가 아니라 약을 만드는 중이었던 건가.'

하지만 요리가 아니라도 루미아처럼 귀여운 소녀가 자신을 위해 애써 주는 건 순수하게 기뻤다.

그래선지 자연스럽게 미소가 지어진 그때였다.

"……응?"

불현듯 냄비 옆에 있는 것들이 눈에 들어왔다.

불길한 색의 버섯, 정체를 알 수 없는 뼈, 지네처럼 생긴 벌레, 고통스러운 표정의 인면석(人面石)…….

하나 같이 죄다 수상하고, 불길하고, 꺼림칙한 소재들뿐. 제대로 된 소재는 하나도 없었던 것이다.

"저, 저기요…… 루미아 씨? 그 약은……."

"예. 사실 제가 진단을 내리기에 선생님의 감기는 상당히 질이 안 좋은 편이라…… 그래서 제국 왕실 비전의, 어머니께 직접 전수받은 비약을 써볼까 해서요."

루미아는 구김살 없이 웃는 얼굴 그대로 수수께끼의 인면석을 쇠망치로 쾅쾅 두드렸다. 그러자 인면석이 「꾸어어어?!」 하고 고통스러운 비명을 지르며 눈물을 흘리기 시작했다.

이윽고 그녀는 그 부서진 인면석 파편들을 냄비 안에 가차 없이 쏟아부었다.

"……."

자세히 보니 냄비 안에서 부글부글 끓는 액체는 뭐라 형언할 수 없이 기묘하게 뒤섞인 색을 하고 있었다.

'마, 마녀의 가마솥?!'

그리고 냄비에서 나온 기묘한 연기와 자극적인 냄새에 닿은 날벌레가 그대로 바닥에 툭툭 떨어지는 모습도 눈에 들어왔다.

"저기…… 그걸 내가 먹는 거야?"

"예. 이것만 드시면 금방 나을 거예요."

루미아는 한없이 자애롭게 웃었다.

"아, 아니…… 그게, 사실 난 감기가 그리 심한 것도 아니라……."

글렌이 새파랗게 질린 얼굴로 쩔쩔매며 거절하려 한 순간—.

『키샤아아아아아아아아아아아앗!』

갑자기 냄비 안에서 이상한 괴성이 터지고 수수께끼의 촉수가 몇 가닥 튀어나왔다.

"히이이이이이이이이익?!"

『키샤아아아앗! 키샤아아아아아앗!』

"앗, 정말이지…… 얌전히 좀 있으렴."

하지만 루미아는 웃는 표정 그대로 담담하게 촉수들을 국자를 써서 냄비 안에 밀어 넣었다.

이윽고 고통 속에서 몸부림치던 촉수들은 결국 힘이 다했는지 남김없이 냄비 밑으로 가라앉았다.

"저기요…… 루미아 씨?"

"예."

"방금 촉수가 나오지 않았나요?"

"예, 나왔네요."

"……왜, 왠지 엄청 꿈틀거리지 않았나요?"

"예, 꿈틀거렸네요."

하지만 고개를 갸웃거리며 의아한 눈으로 글렌을 바라보는 루미아의 얼굴에는 악의가 전혀 없었다.

'자, 잠깐…… 오늘 이 녀석들 중에선 그나마 루미아가 안전할 줄 알았는데……'

"좋아, 완성. 응, 잘 만들어졌네."

글렌이 새파랗게 질린 얼굴로 정지해버린 사이에 작업을 끝낸 루미아는, 기쁜 얼굴로 작은 찻주전자에 냄비 위에 뜬 액체를 담았다.

"자, 드세요. 선생님."

"……으."

루미아가 건넨 찻주전자 안의 약(극약)은…… 역시 보라색과 갈색이 뒤섞인 기묘한 색을 띠고 있었다.

"저기, 꼭 지금 먹어야 해?"

솔직히 당장 하수구에 흘려버리고 싶었다.

"예. 이 약은 만들자마자 먹는 게 가장 효과가 좋거든요.

그러니 여기서 바로 드셔주세요."

"……."

하지만 이미 퇴로는 막혀 있었다.

'어, 어쩌지?! 마시는 척하다가 실수로 떨어트리고 사과하면 안 되나?!'

글렌은 비지땀을 철철 흘리며 그 찻주전자를 가만히 노려보았다.

"그게, 괜한 오지랖일지도 모르겠지만…… 선생님이 하루 빨리 나으셨으면 해서 제 애정을 듬뿍 담아서 만든 거랍니다. 후훗, 이런 대사를 한 번 해보고 싶었어요♪"

하지만 농담으로 얼버무리려 하면서도 끝내 쑥스러움을 감추지 못하는 이 기특한 소녀의 마음을 자신은 과연 배신할 수 있을까?

"이 약의 재료비로 이번 달 용돈을 전부 써버렸지만…… 그래도 다른 그 누구도 아닌 선생님을 위해서 쓴 거니 후회는 안 해요. 그러니 선생님, 어서 빨리 나아주세요."

이 선의를 과연 무시할 수 있을까?

아니, 결단코 무리였다.

그런 건 사나이가 할 짓이 아니리라.

"고, 고맙다! 루미아!"

죽음을 각오한 글렌은 닭똥 같은 눈물을 뚝뚝 흘렸다.

'제길, 다들 똑똑히 봐라! 이것이 바로 사나이 글렌이 살

아가는 방식이다아아아아아아아아앗!'

그리고 찻주전자의 주둥이를 입에 대고 약을 단숨에 뱃속으로 흘려 넣었다.

"트, 틀렸어……. 기분 나빠……. 몸에 힘이 안 들어가……."

그 후 글렌은 침대 위에 축 늘어져 있었다.

루미아가 만든 약은 조금 썼지만 의외로 평범했다.

하지만 약을 복용하고 시간이 지날수록 몸 상태가 이상해지기 시작했다.

몸이 점점 무거워지고 살짝 오한도 들었다.

역시 그 약은 보이는 그대로 일종의 독극물이 아니었을까.

"제기랄…… 혹시 이건 천벌? 이럴 줄 알았으면 땡땡이치지 말 걸……."

혼자서 그렇게 푸념한 순간이었다.

"……실례하겠습니다."

한 소녀가 방 안으로 들어왔다.

"헉?! 하얀 고양이?!"

"……그 반응은 뭐죠?"

여전히 심통이 나 있는 시스티나였다.

"루미아랑 리엘은 방금 저녁 찬거리를 사러 나갔어요."

"그, 그러냐……."

"그러니 식사하기 전에 제가 선생님의 몸을 닦아드릴까 해서…….”

그렇게 말하는 그녀는 따뜻한 물이 담긴 대야와 수건을 들고 있었다.

“……뭐? 아, 아니, 그럴 필요까진…….”

“아니에요. 병에 걸렸을 때는 무엇보다 청결이 중요한걸요. ……아니면 혹시.”

사양하려하자 시스티나가 슬쩍 노려보았다.

“……선생님, 정말 아프신 거 맞는 거죠?”

“……윽! 콜록! 콜록! 웃기지 마! 내가 지금 얼마나 괴로운데…….”

글렌은 황급히 기침을 터트렸다.

“하긴 그렇죠? 농담이었어요. 자, 그럼 상의를 벗어주세요.”

시스티나는 그제야 표정을 풀었다.

이번에도 퇴로는 완전히 막힌 모양이었다.

‘칫…… 어쩔 수 없군.’

글렌은 마지못해 옷을 벗기 시작했다.

‘저택 안을 샅샅이 뒤져도 그럴싸한 약은 찾지 못했어. ……그렇다면 역시 선생님이 가지고 계신 게 분명해! 그래, 틀림없이 그럴 거야!’

한편, 시스티나는 다시 의심스러운 눈초리로 돌아와 그런 생각을 하고 있었다.

'루미아가 없는 지금이 기회야! 저 뻔뻔한 가면을 반드시 벗겨주겠어! 내 마음을 가지고 논 벌을 내려줄 거야!'

여전히 의심암귀(疑心暗鬼)에 사로잡혀 있었다.

"……야, 하얀 고양이. ……내 셔츠는 왜 또 그렇게 쳐다보냐?"

하지만 글렌이 그렇게 묻자 그가 벗은 셔츠를 꼼꼼하게 살피던 시스티나는 그제야 현실로 돌아왔다.

"……아뇨, 아무것도 아니에요. 그럼 실례할게요."

"으, 응……."

어색한 분위기 속에서 시스티나는 따뜻한 물로 적신 수건으로 글렌의 몸을 닦기 시작했다.

팔부터 어깨, 등…….

'……어, 어라? 나 지금 혹시 터무니없는 짓을 하고 있는 거 아냐?'

눈앞에 있는 건 위에 아무것도 걸치지 않은 글렌의 등. 이곳저곳에 오래된 상처가 있긴 해도 한 치의 낭비도 없이 단련된 근육질의 등은 마치 고대 조각상처럼 아름다웠다.

그제야 자신의 상황을 어느 정도 자각한 시스티나의 얼굴이 새빨갛게 달아오르고 머리 위로 수증기가 피어올랐다. 심장도 터질 것처럼 세차게 뛰었다.

'아니야! 이건 그런 게 아니라구! 이건 선생님의 부정을 파헤치기 위해 어쩔 수 없이 하는 거지. 절대로 내 사심이 섞인 건 아니란 말야!'

이미 조금 전까지와는 다른 의미에서 냉정함을 잃고 있었다.

'맞아! 선생님은 틀림없이 몸 어딘가에 약을 숨기고 계신 걸! 나, 난 그걸 반드시 찾아야만 해!'

그렇게 자신에게 변명한 시스티나는 이상할 정도 긴 시간을 들여서 세심하게 글렌의 몸을 닦았지만, 당하는 본인은 기묘한 배덕감과 어색한 분위기 때문에 입을 다물 수밖에 없었다.

"……."

이윽고 글렌의 상반신을 다 닦은 시스티나는 이렇게 말했다.

"그, 그럼 이번에는 아래쪽이네요! 자, 선생님! 바지를 벗어주세요!"

"뭐어?!"

글렌은 기겁해서 뒤를 돌아보았다.

자세히 보니 그녀는 얼굴이 완전히 빨갛게 익은 데다 눈은 혼란스럽게 빙글빙글 돌고 있었다. 아무리 봐도 제정신이 아닌 것 같았다.

"야, 너 지금 그게 대체 무슨 소리야!"

"두, 두 번 말하게 하지 마세요! 이, 이건 전부 선생님을 위해서라구요!"

시스티나가 대뜸 허리에 매달려서 벨트를 풀려고 하자 글렌은 그 손을 황급히 낚아챘다.

"잠깐! 그것만은 절대로 안 돼! 좀 냉정해져!"

"이 반응은 역시……!"
그 순간, 시스티나는 확신했다.
"역시 바지에 꾀병약을 숨겨두신 거죠?!"
"……윽?!"
글렌은 찔끔했다.
"자, 냉큼 바지를 벗고 약을 내놓으시죠!"
완전히 이성이 나간 시스티나는 아예 바지를 벗기려 들었다.
"뜨아아아아아아아! 아니야! 그것도 있지만, 문제는 그쪽이 아니라고! 너, 지금 우리가 얼마나 위험한 구도인지 알기나 해?! 너와 난 학생과 교사라고!"
글렌은 필사적으로 막으려 했다.
'큭! ……히, 힘이 안 들어가!'
평소였다면 당연히 상대도 되지 않았겠지만 현재 힘으로 밀리는 건 글렌 쪽이었다.
'그, 그러고 보니 루미아가 만든 이상한 약을 먹은 뒤부터 몸 상태가 이상하긴 했는데……!'
그런 생각을 하는 사이에도 시스티나의 가녀린 팔이 글렌의 바지를 조금씩 내리고 있었다.
"그~만~좀~하라고오오오오오!"
아슬아슬한 타이밍에 시스티나를 떨쳐낸 글렌은 잽싸게 침대에서 뛰어내려와 거리를 벌렸다.
"헉……헉……헉…… 콜록! 콜록! 콜록!"

"흐응? 이제 와서 또 꾀병 연기? ……진짜 뻔뻔한 것도 정도가 있지!"

"하, 항복! 내가 졌어! 그러니 좀 진정해! 대화로 해결하…… 콜록! 콜록!"

"이제 슬슬 연기는 그만하세요! 아직도 시치미를 떼시려는 거예요?! 어이가 없어서 정말. 자, 어서 그 바지를 벗고 이리 내놓으세요!"

아무래도 순진한 소녀에게는 여러모로 자극이 너무 심했던 모양이다. 이미 냉정한 판단력을 완전히 상실한 시스티나는 브레이크가 고장난 증기 기관차나 다름없는 상태였다.

"아니, 시치미를 떼려는 게 아니라 갑자기 기침이…… 콜록! 콜록! 어, 어라?"

"계, 계속 그렇게 나오실 생각이라면! 《위대한 바람이여》!"

그래서 대뜸 어설트 스펠부터 날렸다.

"우와아아아아아아아아아아아아아아아앗?!"

글렌은 옆으로 몸을 날려서 간신히 피했지만 방 안은 충격파로 엉망이 되었다.

"사, 사람 살려어어어어어어어어!"

"앗, 거기 서요!"

글렌이 허겁지겁 밖으로 뛰쳐나가자 시스티나가 그 뒤를 추격했다.

"제가 놓칠 줄 알아요? 《위대한 바람이여》! 《위대한 바람

이여》! 《위대한 바람이여》!"

시스티나가 몇 번이나 마술을 날리고 글렌이 정신없이 도망쳐 다니는 동안 저택 안은 주문의 여파 때문에 점점 난장판이 되어가고 있었다.

"뜨아아아아아아! 빌어머그으으을! 대체 왜 이렇게 되는 거냐고오오!"

이럴 리가 없는데…….

그냥 피곤해서 며칠 느긋하게 쉬고 싶은 것뿐이었는데…….

뒤에서 닥쳐드는 돌풍을 필사적으로 피한 글렌이 그렇게 통곡한 순간이었다.

두근!

"어, 어라……?"

복도 모퉁이를 돌려고 할 때 갑자기 다리에 힘이 빠져서 그 자리에 널브러지고 말았다.

"콜록! 콜록! 뭐, 뭐지……? 몸이……."

일어서려고 해도 몸에 힘이 들어가지 않았다. 숨쉬기가 괴로웠다. 두통이 심했다.

"흥, 이제야 겨우 포기하셨군요! 이젠 절대로 안 놓…… 선생님?"

마침내 따라잡은 시스티나도 그제야 상황이 뭔가 이상하

다는 것을 깨달았다.

“윽…… 콜록! 콜록! 콜록! 뭐지? 가, 갑자기 오한이…….”

창백한 얼굴의 글렌이 어깨를 끌어안은 채 덜덜 떨고 있었다.

낮에 꾀병 연기를 했을 때와는 달리 정말 진심으로 괴로워 보였다.

“서, 선생님? 자, 장난은 그만…….”

당황한 시스티나가 손을 댔지만 예상과는 달리 글렌의 몸은 엄청나게 뜨거웠다.

“뭐, 뭐예요 이 열은! 선생님, 설마 여기까지 와서 또 꾀병 약을 드신 건…….”

“아, 아니야. 이번에는 진짜…… 아니라고. 왠지 갑자기 몸이…… 으, 으윽…….”

그리고 글렌은 마치 실이 끊어진 인형처럼 그 자리에 쓰러지고 말았다.

“서, 선생님?! 선생님! 저, 정신 차리세요!”

심한 고열과 몽롱한 시야 속에서 글렌의 의식은 빠르게 어둠속으로 가라앉았다.

“얘가 정말! 정신이 있는 거니 없는 거니? 선생님께선 **정말로 몸이 편찮으셨던 건데!**”

“으…… 미안.”

그 후 사정을 듣고 보기 드물게 약간 화가 난 루미아는 울상이 된 시스티나에게 설교를 늘어놓았다.

"서, 설마…… 내가 진짜 감기에 걸렸을 줄이야……."

침대 위에 누워 있는 글렌은 두꺼운 이불을 덮고 머리 위에 얼음주머니를 얹은 데다 입에는 체온계까지 문 상태였다.

"글렌, 힘내……."

그리고 리엘은 그런 그의 얼굴을 걱정스럽게 응시하고 있었다.

"아하하…… 이번 유행성 감기는 좀 성가시거든요."

루미아는 사과 껍질을 벗기면서 설명했다.

"초기에는 자각 증상이 거의 없어요. 하지만 맥박과 목과 눈 쪽에 어떤 증상이 나오는 게 특징이라…… 전 그걸 확인하고 집에서 쉬시라는 진단을 내렸던 거구요."

"뭐, 뭐야. 그럼 넌 처음부터 전부 알고 있었던 거야? ……진짜 못 당하겠구만. 콜록!"

글렌은 그저 쓴웃음밖에 나오지 않았다.

"그, 그렇다면 네가 만들어준 그 약은……."

"예, 이 유행성 감기의 특효약이에요. 그걸 드셨으니 분명 금방 나을 거랍니다."

즉, 자신의 몸 상태가 이상했던 건 루미아의 약 때문이 아니라 처음부터 감기에 걸린 상태였기 때문이라는 뜻이었다.

"뭐, 이번 일은 전면적으로 나한테 잘못이 있다만…… 그건 그렇다 쳐도, 하얀 고양이. 넌 왜 그런 거야?"

이어서 떨떠름한 표정을 지은 글렌은 침대 옆 의자에 의기소침하게 앉아있는 시스티나에게 말을 걸었다.

"아무리 화가 났다지만, 이번에는 너무 심했던 거 아냐? 너답지 않게."

그러자 그녀는 잠시 침묵한 후 체념한 듯 입을 열었다.

"지, 진심으로 걱정했는데 배신당한 기분이 들어서 그런 것도 있지만…… 그, 뭐랄까……."

"……뭐랄까?"

"그런 거짓말을 하면서까지 저희를 내버려두고 간 게 왠지 싫었다고 할지…… 서, 섭섭했다구요!"

거기까지 말한 시스티나는 새침하게 시선을 피해버렸다.

"그, 그야 선생님이 늘 저희 때문에 바빠서 피곤하신 건 알지만! 그래도 제대로 말씀해주셨다면 저희도 납득했을 텐데! 이런 식으로 꾀병 연기까지 하시는 건 좀 아니잖아요!"

그 대답을 들은 글렌은 깊은 한숨을 내쉬었다.

"……미안했다."

그리고 시스티나의 머리에 살며시 손을 얹었다.

"나도 어른스럽지 못했다고 해야 할까, 좀 치사했네. ……이제 이런 짓은 두 번 다시 안 할게. 그거면 될까?"

"아…… 그게……."

시스티나가 뺨을 붉히며 고개를 끄덕이자 글렌은 쓴웃음

을 지었고 루미아와 리엘은 그런 두 사람을 흐뭇한 미소로 지켜보았다.

그런 따스한 분위기 속에서 이번 일이 정리되려 한 순간이었다.

터엉!

갑자기 방의 문이 거칠게 열리고 한 여자가 모습을 드러냈다.

"그을~레~엔~?"

여행복 차림의 세리카였다.

아무래도 일정보다 꽤 일찍 돌아온 모양이었다.

"헉?! 세리카?!"

"네가 지금 몇 살인데 집 보기도 제대로 못 하는 거지? 집 꼴이 아주 개판이더만? 응?"

세리카의 상쾌한 미소 뒤로 거칠고 사나운 기세가 느껴졌다.

"아."

그 순간, 글렌과 시스티나는 떠올렸다.

조금 전까지 둘이서 추격극을 벌이느라 저택 안을 완전히 뒤집어놨다는 사실을…….

"……대체 뭘 하고 놀아야 집구석이 요 모양 요 꼴이 되는 걸까? 하! 하! 하……."

"아, 아니, 내 말 좀 들어봐! 세리카!"

"잠깐만요, 교수님! 그건……!"

"에잇, 변명 따윈 필요 없어! 체벌 타임이다!"

세리카는 글렌을 향해 주문을 영창하기 시작했다.
"사, 사람 살려어어어어어어어어어어어어어어어어!"
글렌은 그것을 보자마자 벌떡 일어나 창문을 깨고 밖으로 탈주했다.
"거기 서! 이 개구쟁이야!"
세리카는 바로 그 뒤를 쫓았다.
"기, 기다려주세요! 교수님! 그건 제가……!"
투콰아아아아아아앙!
시스티나가 변명할 틈도 없이 아르포네아 저택을 무대로 한 처절한 술래잡기가 막을 올렸다.
"거기 서어어어어어어어어어! 글레에에에에엔!"
"우오오오! 이제 꾀병 따윈 지긋지긋해애애애애애!"
페지테의 평화로운 하늘 위로 글렌의 비통한 절규가 울려 퍼졌다.

마도탐정 로잘리의 사건부 무모편

The Case Files of Magic Detective Rosalie

Memory records of bastard magic instructor

"뭐? 이번에는 바람기 조사~?"

"예, 그 말씀대로예요!"

황혼의 붉은 빛이 시야를 물들이고 멀리서 까마귀 울음 소리가 고즈넉하게 울려 퍼지는 마술학원의 방과 후, 글렌은 한숨을 내쉬며 앞에서 상쾌하게 걸어가는 소녀의 뒤를 따라 걷고 있었다.

저녁놀에 타오르는 긴 홍차색 머리카락과 남보랏빛 눈동자, 가냘픈 어깨 위로 고급스러워 보이는 인버네스 코트를 걸친 이 소녀의 이름은 로잘리 디터트.

글렌이 마술학원의 학생이었을 때의 후배이자, 이 대도시 페지테에서 마도탐정 사무소를 연 풋내기 마도탐정이었다.

전에 어떤 사건에서 도움을 준 일을 계기로 그는 정기적으로 그녀의 능력으로는 감당할 수 없는 사건의 해결을 돕고 있었다.

그리고 그건 오늘 또한 마찬가지였다.

솔직히 냉정하게 거절해버려도 딱히 상관은 없었지만 만년 가난뱅이인 글렌으로서는 나름 짭짤한 아르바이트인 건 사실이었다. 그리고 무엇보다…….

—으아아아아앙! 부탁이에요오, 선배! 저한테는 이제 선

배밖에 없다구요오! 선배가 없으면 전 이제 (생활비가 없어서) 못 산단 말예요! 으에에에에엥!

매번 이런 식으로 남들이 보는 앞에서 울며 애원하는 후배를 도저히 내버려둘 수 없었기 때문이다.

게다가 이 못난 후배가 저지른 일의 뒤처리를 해주는 것은 글렌의 암담했던 학창 시절의 몇 안 되는 좋은 추억이었기에 더더욱 거절하기 어려웠다.

아마 이런 관계를 질긴 인연이라고 하던가?

'나도 사람이 물러 터졌어.'

하지만 그런 속마음을 알 리 없는 로잘리는 희희낙락 이번 의뢰 내용을 설명하기 시작했다.

"실은 이번 클라이언트는 어떤 고귀한 부인인데…… 글쎄, 남편이 바람을 피우고 있으니 그 증거를 확보해달라지 뭐예요?!"

조금 전까지만 해도 엉엉 울면서 매달렸던 주제에 글렌의 허락을 받아낸 지금은 헤실헤실 웃고 있었다.

"흐응~? 바람기 조사란 말이지? 구체적으로는 어떻게 할 건데?"

하지만 의뢰 내용이 그리 내키지 않은 글렌은 불만스러운 목소리로 물었다.

"클라이언트의 남편은 은폐 공작이 정말 능숙해서 지금까지 꼬리를 거의 드러내지 않았다는 모양에요. 그래도 어쩌다 우연히 빈틈을 드러냈는데, 그건 바로 하나의 원석을 두 개로 나눠서 만든 커플링 중 하나를 자기 방에 아주 소중히 숨겨두고 있다는 점이에요!"

"커플링? 한 쌍이 세트인 반지? 바람피운다고 아주 대놓고 광고를 하셨구만……."

"예! 그리고 클라이언트는 이미 상대방의 커플링을 몰래 확보해둔 상태래요!"

"……여자란 건 무섭구만. 뭐, 그렇다는 건……."

"예! 남은 건 남편이 가진 다른 커플링을 확보하는 것뿐이에요! 하나의 원석을 두 개의 반지로 만들었다면 이미 거의 확신범이잖아요? 그리고 마술을 쓰면 두 보석이 하나의 원석에서 만들어졌다는 사실도, 어느 가게에서 누가 만들었고 언제 누가 사갔는지도 쉽게 추적, 증명이 가능하고요!"

"그리고 그건 남편이 바람을 피웠다는 명백한 증거가 된다 이거군."

"예! 그래서 제가 저의 우수한 조수인 선배에게 부탁하고 싶은 건 ①그 남편이 사는 저택에 잠입해서 ②그 커플링을 찾아서 훔쳐내고 ③같은 원석에서 나온 보석이라는 사실을 마술로 증명하는 것. 겨우 이 세 개뿐이랍니다!"

"거의 전부 다잖아아아아아아아아아아아아!"

글렌은 불끈 쥔 두 주먹을 한여름의 태양처럼 활짝 웃는 로잘리의 양쪽 관자놀이에 대고 고속으로 회전시켰다.

“아야! 아야! 아야! 죄송해요오! 하지만 잠입 조사나 감정 증명 마술 같은 고도의 작업을 제가 할 수 있을 리 없잖아요오오오오오! 그러니 꼭 좀 도와주세요오오오오오!”

“네가 그러고도 마술탐정이야?! 역시 고향에 돌아가!”

그렇다. 사실 로잘리는 글렌 이상으로 마술에 치명적일 정도로 재능이 없는 탓에 마도탐정에게 필요한 마술을 대부분 쓰지 못하는 엉터리였다.

그런데도 전에 해결한 어떤 사건 때문에 지명도만 높아져서 지금도 여기저기서 다양한 의뢰가 날아들고 있었다.

“그, 그래도 다우징 마술은 자신 있다구요! 이것 덕분에 저한테 애완동물이나 분실물 찾기 의뢰를 하면 백퍼센트 성공한다는 호평이…….”

“그럼 마도탐정 간판은 떼고 그냥 그걸로 먹고 살아!”

“싫어싫어싫어! 전 샬 같은 마도탐정이 될 거란 말예요!”

참고로 『샬』은 로잘리가 숭배하는 마도탐정 소설의 주인공이다.

“에잇, 시끄! 애초에 난 불법 침입 같은 범죄에 가까운 의뢰에 가담할 생각은 조금도 없다고! 난 이만 간다! 너도 그런 위험한 의뢰는 거절해버려!”

“그, 그럴 수가~!”

글렌이 등을 돌리고 떠나려 하자 로잘리는 발목을 붙잡고 매달렸다.

"이젠 돌이킬 수 없단 말예요! 이미 고액을 선금을 받아버렸는걸요오~!"

"그걸 돌려주면 되잖아!"

"벌써 썼어요!"

로잘리는 부끄러운 기색도 없이 단언했다.

"보세요, 이 검을!"

그리고 허리춤에 찬 레이피어를 뽑아서 자랑스럽게 들어 보였다.

"역시 일류는 일류의 물건을 원하기 마련 아닐까요?! 프레스크리스 시리즈! 그 샬도 애용했던 이 레이피어는 어느 마술검장(劍匠)이 대대로 단조 방식으로 제작해온 파사(破邪)의 영검(靈劍)이라 유령이나 좀비, 심지어 마술까지 척척 베어버릴 수 있는 명검! 이걸로 저도 명(名)마도탐정 샬에게 한 걸음 더 가까워……."

"가난뱅이 삼류 주제에 겉멋으로 필요도 없는 고급 마술 무기를 사지 말라고!"

"으갸아아아아아아아아아앗?!"

글렌은 의기양양하게 웃는 로잘리에게 코브라트위스트를 걸었다.

"전부 자업자득이잖아! 그냥 전부 네가 알아서 해결해!"

"그런 매정한 말씀하지 마세요, 선배~! 잠입 목표인 저택이 바로 저기 보이는데 여기까지 와서 그러시는 건 너무하잖아요~!"

"그딴 건 내 알 바 아니……."

하지만 무심코 로잘리가 가리키는 방향을 돌아본 것이 패착이었다.

"……어?"

눈에 들어온 훌륭한 귀족 저택은 낯이 익은 건물이었다.

피벨 저택. 글렌의 제자인 시스티나의 집이었던 것이다.

"……."

"어라? 왜 갑자기 굳어버리신 거예요, 선배?"

폭포수처럼 비지땀을 흘리는 글렌이 실눈을 뜬 채 경직되어 있자 로잘리는 고개를 살짝 갸웃거렸다.

"저기, 로잘리? 그…… 클라이언트의 이름은 뭐지? 그리고 바람을 피웠다는 남편의 이름은?"

"훗…… 원래는 수비 의무가 있지만, 선배는 제 조수. 다시 말해, 일심동체! 그렇게까지 부탁하신다면야 특별히 알려드리지 못할 것도……."

"됐으니까 얼른 말해."(우득)

"악! 발 밟았어?! 크, 클라이언트의 이름은 필리아나 피벨 씨! 그리고 바람피운 몹쓸 남편의 이름은 레너드 피벨 씨라고 한대요오오오오오오~!"

필리아나와 레너드.

그건 분명 시스티나의 부모님 이름이었을 터.

"거, 거짓마아아아아아아아알~!"

전혀 예상치 못한 현실 앞에서 글렌은 하늘 높이 절규할 수밖에 없었다.

그날 밤, 탁월한 마술 지식을 구사해 피벨 저택 주위에 깔린 방범 결계를 돌파한 글렌은 로잘리와 함께 저택 부지 안으로 침입하는 것에 성공했다.

철책을 넘어서 착지한 곳은 저택 뒷마당이었고 그곳에는 정원사 요정이 손질한 멋진 정원이 어둠 속에 펼쳐져 있었다.

이어서 두 사람은 뒷마당 구석의 수풀더미에 몸을 숨기고 창문 군데군데에서 빛이 새어나오는 저택의 상황을 살폈다.

"여기까지는 성공이군. 여기까지는."

"예. 오늘 필리아나 씨는 레너드 씨와 같이 일 때문에 집을 비웠지만, 내일은 귀가할 예정이라고 해요. 레너드 씨도 필리아나 씨가 자신의 부정을 의심한다는 걸 어렴풋이나마 눈치챈 모양이라 아마 그때 반지를 처분해버리려고 하겠죠. 즉, 몰래 반지를 훔칠 기회는 오늘밤밖에 없어요. 현재 저택 안에는 두 분의 세 딸…… 즉, 선배의 제자? 들만 있는 모양인데……."

그 후, 정보 교환을 통해 글렌과 이 집 가족의 관계를 알게 된 로잘리는 안타까운 표정으로 말했다.

"그래, 나도 알아. 제길, 이걸 어쩌면 좋나……."

글렌은 벌써 몇 번째인지 모를 한숨을 내쉬며 저택을 관찰했다.

저 안에는 평소와 다름없는 일상을 보내는 시스티나, 루미아, 리엘이 있을 터.

그리고 자신들은 그녀들의 눈을 피해 레너드의 서재에 숨겨져 있는 반지를 찾아야만 했다.

"그건 그렇고 선배…… 왜 갑자기 절 도와줄 맘이 드신 건가요?"

글렌은 입을 다물 수밖에 없었다.

그 순간, 그의 머릿속에 떠오른 것은 레너드와 필리아나가 지켜보는 앞에서 행복한 시간을 보내는 시스티나와 루미아와 리엘…… 언젠가 본 그 무엇과도 바꿀 수 없는 소중한 『가족』의 모습이었다.

하지만 만약 레너드의 부정이 드러난다면 그 모든 것이 산산이 무너져버릴 터.

'솔직히 그 애처가 레너드 씨가 바람을 피웠다니, 도저히 믿을 수가 없지만…….'

만에 하나라도 그게 사실이라면 로잘리가 가져온 이 의뢰를 이용해 은폐할 수 있을지도 몰랐다. 앞으로도 소녀들의 평온한 일상을 지켜나갈 수 있을지 몰랐다.

글렌이 이 내키지 않는 의뢰에 다시 한 번 협조하기로 한 것은 다름 아닌 이런 이유에서였다.

"참 나, 어쩔 수 없구만!"

그녀들의 평온을 위해서는 만에 하나라도 저쪽에 눈치챌 빌미를 줘선 안 됐다. 따라서 가택 수색을 위해 당당히 방문하는 방법은 처음부터 논외라, 역시 몰래 숨어들어가서 반지를 찾는 수밖에 없었다.

“『무모』한 임무지만…… 해볼 수밖에 없어! 자, 가자! 로잘리!”

“아, 예! 잘 부탁드려요, 선배!”

각오를 다친 글렌은 로잘리와 함께 행동을 개시했다.

흑마【그래비티 컨트롤】로 체중을 줄이고 야음을 틈타서 도약한 글렌과 로잘리는 저택 2층 베란다에 사뿐히 착지했다.

그리고 백마【사이 텔레키네시스】의 염동력으로 창문을 안쪽에서 열고 어두운 방 안으로 침입. 안을 조사하다가 발견한 난로 안으로 들어가더니 벽돌로 지어진 굴뚝을 능숙하게 타고 올라가 천장 위에 있는 공간으로 나온 후에는, 손끝에 흑마【토치 라이트】를 켜고 대들보와 기둥과 벽으로 복잡하게 나뉜 새카만 공간을 포복자세로 전진했다.

“으으…… 모처럼 새로 산 양복이 그을음이랑 먼지투성이가 됐네요. 헥……헥…….”

뒤에서 따라오는 로잘리가 숨을 헐떡이면서 투덜댔다. 능숙하게 저택 안을 돌파한 글렌과 달리 아무래도 힘이 부치는 모양이었다.

“시끄, 짐짝. 궁시렁대지 말고 잘 따라오기나 해. ……참 나.”

원래대로라면 이런 풋내기는 두고 오는 게 당연했다.

하지만 클라이언트가 직접 커플링을 보여준 건 로잘리뿐이기에 그녀가 없으면 입수한 물건이 정말로 그 반지가 맞는지 바로 판별할 수 없었다.

참으로 성가신 핸디캡이었다.

"그건 그렇고 선배. 잠입이 묘하게 능숙하시네요? ……선배가 교사가 된 건 분명 최근이었죠? 그 전에는 대체 무슨 일을 하고 사신 거예요? 설마 도둑……?"

"맞기 싫으면 조용히 해. 그보다 이 쓸데없이 큰 저택은 내 학생의 집이지만, 안에 들어와 본 적은 거의 없거든? 따라서 당연히 난 어디가 레너드 씨의 서재인지 전혀 짚이는 바가 없어. 이 잡듯 샅샅이 뒤지는 수밖에 없으니까 각오해."

"으엑~ 이 저택은 대체 방이 몇 개나 있는 걸까요……."

이렇게 해서 한동안 미로처럼 복잡한 천장 위를 포복자세로 돌아다닌 두 사람은 이윽고 안쪽에서 지붕을 관통하는 굴뚝을 발견했다.

"요컨대, 이 아래는 사람이 거주 중인 방이라는 뜻이겠지."

당연히 목적지인 레너드의 서재일 가능성도 있었다.

"《내 초대에 응하라·날카로운 후각과·작은 몸집의 맹우여》."

글렌은 목소리를 낮추고 소환 【콜 패밀리어】를 영창해서 작은 생쥐 사역마를 소환했다.

"앗! 자신과 감각 정보를 공유하는 사역마를 보내서 아래쪽의 상황을 살피시려는 거죠?!"

"그래. 별볼일 없는 사역마지만, 이럴 때는 편리하지."

"저기요, 선배. 저도 그 사역마랑 감각을 공유하게 해주세요! 선배라면 그 정도쯤은 금방 가능하잖아요?"

"……어쩔 수 없구만."

여기서 거절했다간 귀찮게 칭얼댈지도 모르니 주문을 추가해서 로잘리에게도 사역마의 시각과 청각을 공유시켜주었다.

그리고 굴뚝 옆에 있는 청소용 철문을 소리가 나지 않도록 신중히 열고 그 사이로 사역마를 들여보냈다.

글렌이 내린 명령대로 굴뚝을 능숙하게 내려간 사역마가 난로에서 얼굴만 반쯤 내민 채 방 안을 살피자, 글렌과 로잘리의 눈에도 사역마가 보는 광경이 들어오기 시작했다.

가장 먼저 눈에 띈 것은 어두컴컴한 실내를 은은하게 밝히는 램프의 불빛과 사방의 벽을 가린 책장이었다.

그리고 안쪽에는 책이 가득 쌓인 책상 앞에 앉아 깃털펜으로 묵묵히 뭔가를 적고 있는 소녀의 모습이 있었다.

"하얀 고양이?"

그렇다. 저 소녀는 시스티나. 아무래도 여긴 그녀의 방인 듯했다.

"으음~ 이 집 따님 방이었나요. ……예상이 빗나갔네요."

로잘리가 아쉬워했지만 그 목소리는 글렌의 귀에 닿지 않았다.

이때 그는 공교롭게도 시스티나의 옆얼굴에 시선이 못 박힌 채 넋을 잃고 있었기 때문이다.

"……."

한편, 시스티나는 그런 자신을 훔쳐보는 이들이 있는 줄도 모른 채 묵묵히 종이 위에 뭔가를 적고 있었다.

마술 공부일까?

한글자 한글자 열심히, 세심하게. 한 문장을 끝낼 때마다 신중하게 다시 읽은 후 펜에 잉크를 찍고 작업을 재개했다.

창문 틈 사이로 들어온 바람에 흔들린 책상 위의 촛불이 시스티나의 진지한 표정 위에 그림자로 수많은 변화를 일으키는 가운데, 이따금씩 옆에 둔 참고 자료를 조용히 펼쳐서 뭔가를 확인하며 다시 작업에 몰두했다. 마치 깨달음을 얻은 선인(仙人)을 방불케 하는 그 훌륭한 집중력에는 숭고함마저 느껴질 정도였다.

"저 녀석……."

글렌은 그런 시스티나의 모습을 눈이 부신 얼굴로 지켜보았다.

—소중한 사람을 지킬 힘을 원해요. ……막상 일이 터졌을 때 아무것도 할 수 없는 건 싫으니까요.

과거에 시스티나는 그렇게 말했었다.

그 말에 거짓은 없었다. 분명 그녀는 오늘까지 늘 이런 식으로 혼자서 묵묵히 마술을 단련해왔으리라. 끊임없이 노력해왔으리라. 이렇게 글렌의 눈이 닿지 않는 곳에서도…….

이곳이야말로 그녀가 자기 자신과 마주보고 싸우는 신성불가침의 성역.

그러하기에 눈앞의 광경이 더 없이 신성하게만 보였다.

"훗…… 방해하면 안 되겠군. 다음 장소로 가자. 로잘리."

"……그래야겠네요."

눈치 없는 로잘리도 그런 시스티나의 뒷모습을 보고 뭔가 느낀 바가 있었는지 소리가 나지 않도록 신중히 뒤로 물러나려 한 순간—.

『으아아아아아아아아아아아아아아아아아아아아아아아!』

갑자기 괴성을 지른 시스티나가 지금까지 열심히 뭔가를 적고 있던 종이를 머리 위로 들어서 구겨버리는 게 아닌가.

""엥?!""

두 사람이 천장 위에서 깜짝 놀라는 한편, 시스티나는 둥글게 구겨버린 종이를 벽에 집어던지고 머리를 감싸 쥐었다.

『아니야! 이런 게 아니라구! 내가 쓰고 싶은 건 이런 이야기가 아냐! 훨씬 더 달달하고 애절한 사랑 이야기! 이런 흔해빠진 전개와 대사론 내 굉장한 재능을 전혀 살릴 수 없단 말야!』

천장 위의 글렌과 로잘리가 입을 떡 벌린 것도 모른 채 시스티나의 독백은 계속되었다.

『내 재능이 겨우 이 정도였어? 아니! 절대로 아니야! 단지, 이번엔 소재가 어려울 뿐! 히로인역의 소녀가 여학생이고 남친역이 교사! 나이 차가 좀 있는 연애라 전개와 대사를 떠올리기가 약간 어려운 것뿐! 응! 분명 그럴 거야!』

그리고 의자를 박차며 일어섰다.

『이, 이럴 때는 역시 실제로 직접 해보는 수밖에 없겠지? 응! 그래야 캐릭터의 심정을 이해하기가 쉬울 테니까! 좋아!』

수상한 거동으로 주위를 두리번거린 후.

『「그레이 선생님! 기다려요, 가지 마세요! 당신은 제 영혼이자, 바람! 제 가슴은 찢어질 것만 같답니다!」』

손을 맞잡고 과장스러운 목소리로 그렇게 외치나 싶더니.

『「날 막지 마렴, 셀피나…… 내 사랑스러운 천사, 나의 바람. 난 널 위해서라도 떠나야만 해.」』

이번에는 빠르게 위치를 바꾸어서 비장한 결심을 한 표정으로 누군가를 제지하려는 듯한 포즈를 취했다.

『「그럼 저도 데려가 주세요! 전 당신의 바람이자 영혼, 당신과 함께 있을 수만 있다면…….」』

그리고 다시 위치를 바꾸어서 누군가에게 매달리는 듯한 포즈.

추측컨대 현재 그녀는 1인 2역으로 어떤 이야기의 한 장면을 연기하고 있는 모양이었다.

"……선배, 쟤……."

"말하지 마. 아무 말도 하지 마."

보고 있기만 해도 민망해서 죽을 것 같은 느끼한 열연은 계속되었다.

『「그럼 당신의 검으로 제 비탄에 물든 고동을 상냥하게 멈춰주세요!」』

그렇게 흥이 올라서 몰입할수록 지켜보는 두 사람의 민망함은 가중되었고.

『「선생님…….」』

마침내 키스씬에 돌입.

누군가를 껴안는 것처럼 허공에 팔을 두른 시스티나가 눈을 감고 입술을 살짝 내밀며 발돋움을 한 바로 그때였다.

똑똑, 철컥.

『들어갈게, 시스티~.』

『《으라차》아아아아아아아아아아아아아아아아!』

티세트를 든 루미아가 문을 열자, 시스티나는 재빨리 《질풍각(슈투름)》으로 몸을 날려 의자에 착석했다.

『루루루, 루미아?! 대, 대, 대대대체 무슨 일이야?!』

『후훗, 열심히 공부하고 있길래 홍차를 좀 가져왔어. ……그래도 좀 쉬엄쉬엄해.』

『그, 그그그그래! 나도 잠깐 쉬려던 참이었어! 응!』

『마침 타이밍이 좋았네. 차 따라줄게. ……그런데 시스티,

뭘 공부했던 거야? 왠지 좀 이상한 목소리가 들리던데…….』

『아! 그, 그건…… 그, 그러니까! 발성법! 응, 주문 발성법이었어! 마력 효율을 비약적으로 상승시키는 고도의 발성법을 연마하는 중이라…….』

천장 위의 두 사람이 실눈을 뜨고 무표정으로 지켜보는 가운데, 시스티나는 새빨개진 얼굴로 쩔쩔매며 변명했다.

『그럼 계속 공부 열심히 해, 시스티.』

이윽고 루미아는 티세트를 두고 방을 나갔다.

『후우, 위험했어. ……너무 연기에 몰두해버렸나 봐. 누가 봤으면 목을 매달았을지도!』

그제야 안도의 한숨을 내쉰 시스티나는 이마에 맺힌 땀을 훔쳤다.

'……봐선 안 되는 걸 보고 말았군.'

글렌은 머리를 감싸 쥘 수밖에 없었다.

"……다른 곳으로 갈까요? 선배."

"……그래."

두 사람은 뭐라 형언할 수 없는 슬픔을 안고서 그 자리를 떠날 수밖에 없었다.

2층 천장 위를 아무리 돌아다녀도 레너드의 서재는 찾을 수 없었다.

"……그럼 1층인가. 골치 아프구만."

그래서 굴뚝을 타고 내려오자 거실인 듯한 실내의 정경이 눈에 들어왔다.

1층 탐색은 2층처럼 천장 위를 몰래 돌아다니는 방법은 쓸 수 없었고 쥐 사역마도 닫힌 문을 열 수 없는 한계가 있었다.

어쩔 수 없이 글렌은 흑마 【셀프 트랜스페어런트】를 써서 자신과 로잘리를 감싸는 투명화 결계를 펼쳤다. 이것은 결계 안에 있을 때 서로를 볼 수 있지만 밖에서는 결계 안이 보이지 않도록 빛을 조작하는 부여형(인챈트) 마술 결계였다.

거기다 음성 차단 결계도 전개해서 외부에 두 사람의 대화와 기척이 새어나가지 않도록 조치했다.

"이, 이런 편리한 마술이 있으면 처음부터 쓰면 됐잖아요……."

"바보야, 이건 비장의 수단이거든? 내 빈약한 마력용량(캐퍼시티)으로는 장시간 유지하는 게 불가능하다고. 자, 효과가 끊기기 전에 움직이자. 날 중심으로 펼친 결계니까 내 옆에서 떨어지지 말고."

그리고 둘은 복도를 걸으며 신중하게 탐색을 재개했다.

"……여기도 아닌가. 제길, 이래서 귀족 저택은……."

방을 몇 군데나 돌아다녀도 서재가 나오지 않아 글렌이 투덜댄 순간—.

"서, 선배……! 저기……!"

“쉿!”

황급히 로잘리의 입을 틀어막았다. 복도 건너편에 작은 소녀의 뒷모습이 보였기 때문이다.

리엘이었다.

등을 돌린 채 어디론가 걸어가는 중이었다.

그 악명 높은 하늘의 지혜 연구회 소속 외도 마술사들조차 두려워하는 베테랑 소녀검사의 등장에는 글렌도 한순간 몸이 떨리고 가슴이 덜컥 내려앉았다.

“읍읍읍~!”

“조용히 좀 해! 저 녀석은 자신에게 해를 끼치지 않는 상대에게는 의외로 둔감해. 지금은 투명화도 걸었으니 잘하면 그냥 넘어갈 수 있을지도 모른다고!”

과연 글렌의 말대로 리엘은 둘을 전혀 알아차리지 못한 채 그대로 떠나갔다.

‘후우, 살았군. 그건 그렇고…….’

한편으로는 일말의 불안도 남았다. 저래 봬도 리엘은 왕실에서 제적된 왕녀이자 이능력자인 루미아의 호위로 파견된 제국 궁정 마도사였기 때문이다.

‘덕분에 우리는 살았지만…… 저 녀석은 제대로 호위 역할을 하고 있는 거 맞아?’

리엘의 둔감함에 글렌은 탄식했다.

“선배…… 저희가 아직 조사 못 한 구역은…….”

"……그래, 방금 리엘이 간 쪽이지. 뭐, 시간도 없으니 신중하게 가볼 수밖에."

마음을 다잡은 두 사람은 천천히 복도를 이동하기 시작했다.

복도 끝까지 가서 모퉁이를 돌자, 맞은편 왼쪽에 문이 반쯤 열려서 빛이 새어나오는 방이 있었다.

"뭐지, 이 방은?"

안을 슬쩍 들여다보니 아무래도 주방인 듯했다.

"……."

화덕, 조리대, 찬장, 식기 선반 등이 있는 방 한복판에는 리엘이 우두커니 서 있었다.

아무래도 그녀의 목표는 여기였나 보다.

'그건 그렇고 저 녀석, 지금 뭐하는 거지?'

잠시 지켜보고 있자 리엘은 주방 안을 두리번거리다 뭔가를 발견했는지 그쪽으로 쪼르르 달려갔다.

'뭐, 뭐야? 저건!'

그 순간, 글렌은 놀라서 눈을 부릅떴다.

그쪽에 있는 찬장만 다른 곳에 비해 상태가 영 이상했기 때문이다.

'강철로 된 찬장?! 심지어 쇠사슬과 자물쇠로 칭칭 감아서 봉인까지 했다고?! 대체 이유가 뭔데!'

주방이라는 공간의 용도와는 한참 거리가 먼 물품을 본

글렌이 아연실색하는 사이에 리엘은 평소처럼 연금술로 손에 대검을 고속 연성했다.

"후~ 후~."

그리고 죽어라 돌진밖에 모르는 그녀 치고는 보기 드물게 호흡을 가다듬고 정신을 통일하며 동방의 거합(居合)베기 같은 자세를 취한 후—.

"……흡! 핫!"

눈에 보이지도 않을 속도로 강철 찬장에 대검을 통과시켰다.

그렇다. 『벤』 것이 아니라 말 그대로 『통과』시킨 것이다.

그러자 한 타이밍 늦게 찬장의 문과 쇠사슬과 자물쇠가 소리도 없이 잘려나갔다.

"……응."

발돋움을 한 리엘은 그 안으로 손을 넣더니 딸기 타르트를 닥치는 대로 꺼내 바닥에 산처럼 쌓아올렸고, 마지막으로 다시 연금술을 써서 망가진 찬장과 쇠사슬과 자물쇠를 깔끔하게 원상 복구했다.

"우물우물우물."

그리고 바닥에 주저앉아 기쁘게(무표정이지만) 딸기 타르트를 먹기 시작했다.

"……선배, 저건."

"훔쳐 먹기였냐……."

처음부터 끝까지 상황을 지켜본 글렌은 그저 기가 막힐

수밖에 없었다.
사정은 대충 예상이 갔다.
아마 리엘이 평소에도 딸기 타르트만 너무 많이 먹는 게 문제가 돼서 그 양을 조절하기 위해 저 강철 찬장과 자물쇠가 달린 쇠사슬을 마련한 게 아닐까.
하지만 결과는 눈앞에 보이는 대로였다.
거기다 범행에 익숙한 걸로 봐선 틀림없이 상습범이리라.
'저 바보가…….'
솔직히 이건 교육상 좋지 않았다.
아직 정신 연령이 낮은 리엘에게 이런 식으로 편법을 쓰는 나쁜 버릇이 드는 건 절대로 묵과할 수 없는 사태였다.
'이건…… 나중에 하얀 고양이에게 은근슬쩍 알려주는 수밖에 없겠군."
그래서 그런 결심을 내린 순간이었다.
콰앙!
느닷없이 대검이 날아와 바로 옆 벽에 깊숙이 꽂혔다.
"흐이이이이이익?! 뭐, 뭐야!"
"……누구?"
어느새 일어난 리엘이 착 가라앉은 어두운 눈으로 이쪽을 응시하고 있었다.
투명화와 음성 차단 결계는 아직 발동 중이니 분명 자신들이 눈에 보이지 않을 텐데도 리엘은 마치 보이는 것처럼 자세를 낮추고 검을 거머쥐었다.

"거기 있는 건 누구야? ……적?"

"아차!"

그렇다. 리엘은 둔감하지만, 그건 어디까지나 자신에게 **해를 끼치지 않는** 대상 한정이었다.

"왠지 내 딸기 타르트를 뺏으려는 적이 거기 있는 것 같은…… 기분이 들어."

"무슨 독심술사냐?! 아아, 젠장! 저 녀석의 동물적인 감을 너무 얕봤어! 예, 예. 루미아의 호위는 리엘에게 맡기면 안심이겠네요, 망할!"

"어, 어어어어, 어쩌실 거예요 선배애애애애애!"

"그야 달아날 수밖에 없잖아! 가자!"

글렌과 로잘리는 쏜살같이 달아났다.

"안 놓쳐. 아무것도 안 보이지만, 아마 지금 도망친 것 같아."

그렇게 해서 마치 사냥감을 쫓는 표범처럼 대검을 든 채 달리는 리엘과 글렌의 목숨을 건 술래잡기가 시작되었다.

이제는 이것저것 가리고 있을 상황이 아니었다.

리엘에게는 이쪽의 모습이 보이지 않는다는 이점을 최대한 활용해서 간신히 추격을 뿌리친 후…….

드르르륵! 탕!

문득 눈에 들어온 유리문을 밀고 안으로 몸을 날린 글렌은 뒤도 돌아보지 않고 세차게 문을 닫았다.

그리고 묘하게 축축한 벽에 등을 기대며 안도의 숨을 내쉬었다.

'사, 살았다! 하지만 로잘리와 중간에 헤어진 데다 투명화와 음성 차단 결계도 풀어졌는데…… 제길! 어쩌지?!'

다시 마술을 펼치려면 마력이 회복되는 것을 잠시 기다려야 했다.

'어쩌지? 어쩌면 좋지?'

필사적으로 타개책을 찾으려 한 순간—.

"……응?"

글렌은 문득 지금 자신이 있는 곳이 다른 방과는 뭔가 여러모로 다르다는 것을 깨달았다.

먼저 램프의 불빛이 굉장히 밝다는 점. 그리고 소리가 묘하게 울린다는 점과 공기가 따스하고 축축하다는 점. 거기다 자욱하게 깔린 수증기 때문에 앞도 잘 보이지 않는 데다 바닥과 벽과 천장을 덮은 것은 대리석 타일이었고, 안쪽에는 널따란 욕조에 뜨거운 물이 가득 담겨있었다.

'그렇군. 여긴 욕실……'

그리고 옆에는 선객도 있었다.

루미아였다.

실오라기 하나 걸치지 않은 새하얀 나신을 밝은 조명 아래에 유감없이 드러낸 그녀는 현재 벽에 달린 샤워기와 거울 앞에 욕실용 의자를 놓고 앉아서 열심히 머리에 거품을 내고 있었다.

'그렇군. 여긴 욕실이었어어어어어어어어어어어어?!'

더는 변명할 여지가 없었다. 인생 종결. 글렌이 새파랗게 질려서 몸을 덜덜 떤 그때—.

"……리엘?"

거품 때문에 눈을 감은 루미아가 이쪽으로 고개를 돌렸다.

"리엘이지? 너도 아까 목욕할 거라고 했잖아."

"……?!"

이것은 천재일우의 기회였다.

글렌도 아직 (사회적으로) 죽고 싶지는 않았다.

"……응."

그래서 식은땀을 비처럼 흘리며 그렇게 대답했다. 최대한 리엘의 목소리와 말버릇을 흉내 내서…….

'이, 이거면 통하려나?!'

다행히 리엘은 과묵한 편이었다. 학교에서도 『응』이라는 말밖에 하지 않는 날도 많았다.

'거기다 마침 욕실이라 목소리도 울려서 평소와 다르게 들릴…… 아니, 아무리 그래도 무리가 있잖아!'

글렌은 조마조마한 심정으로 루미아의 판결을 기다리는 수밖에 없었다.

"아하하, 역시 리엘이었구나. ……늦어서 걱정했어."

'세이프! 신이시여 감사합니다아아아아아아!'

일단 당면한 위기는 벗어났다.

남은 건 이제 이 자리를 얼마나 자연스럽게 벗어나느냐 뿐.

이 상황을 타개하기 위해 글렌이 필사적으로 머리를 굴렸다.

"아, 맞아. 리엘. 오늘 같이 목욕하면 내 등을 밀어주기로 했었지? 그럼 지금 부탁해도 될까?"

'나가 죽어! 신!'

신께선 그에게 더욱더 큰 시련을 내려주시고 말았다.

'젠장! 어쩌지?! 글렌. 너, 인마. 알몸인 제자의 등을 닦는 건 여러 가지 의미에서 위험하다고……!'

하지만 여기서 의심을 사서 눈을 뜨고 이쪽을 보기라도 하면 끝장이다. 지금은 그야말로 절벽 끝에 서 있는 거나 다름없는 상황이었다.

"……응!"

그래서 글렌은 옆에 있는 때수건을 덜덜 떨리는 손으로 들었다.

"후훗, 고마워. 리엘."

그리고 완전히 긴장을 푼 루미아의 매끄러운 등을 조심스럽게 닦기 시작했다.

'대체 뭐냐고 이 상황은! 심장에 너무 나빠!'

아직 소녀라고는 하지만 루미아는 동년배에 비해 성장이 빠른 데다 지나치게 매력적이었다.

아무리 벽창호인 글렌이라도 그 탱탱하고 요염한 살결에 손가락이 닿을 때마다 머리에 피가 쏠리는 것을 의식하지 않을 수 없었던 것이다.

"잘하네, 리엘. ……진짜 기분 좋아."

루미아는 루미아대로 지나치게 무방비해서 곤란했다.

"……응(하늘에 계신 주여. 바라건대 그 이름이 거룩히 여김을 받으시고 나라에 임하시기를)."

글렌은 망가진 축음기처럼 머릿속으로 주기도문을 읊어서 잡념을 비우고 루미아의 등을 미는 것에만 전념하기로 했다.

"근데 이러고 있으니 역시 너도 군인이구나 싶네. 손이 단단해서…… 멋져."

"……응(주여, 나에게 영원한 안식을 주시고 끊임없는 빛을 내 위에 비춰주시옵소서. 나에게 안식이 깃들기를)."

하지만 이대로 있으면 정말 머릿속의 장례 기도문대로 (다양한 의미로) 죽음을 맞이하게 되리라.

'어쩌지?! 어떻게 여기서 나가지?! 대체 어떻게 해야……!'

가슴을 태우는 불이 마침내 지옥의 업화가 되어 온 몸을 불사르려 할 때 욕실의 문이 드르륵 하고 열렸다.

"루미아. 미안, 기다렸어?"

들어온 것은 루미아와 마찬가지로 발가벗은 리엘이었다.

"조금 일이 있어서 늦었어."

루미아에 비하면 그 미성숙한 몸은 불쌍할 정도로 평탄하고 기복이 없……다고 생각할 여유조차 없었다.

'으아아아아아아아앗?! 하필 이런 타이밍에에에에에에에?!'

멍하니 다른 쪽을 보고 있는 리엘은 아직 글렌의 존재를 의식하지 못했지만 이미 시간 문제였다.

글렌은 (사회적인) 죽음을 각오했다.

'싫어! 죽고 싶지 않아! 난 아직 아무것도 이루지 못했어! 이 손으로 아무것도 잡질 못했다고! 이런 곳에서, 이런 곳에서 나아아아아아아안!'

그때였다.

리엘이 이쪽으로 고개를 돌려서 글렌을 시야에 넣으려 했으나—.

슉!

뭔가가 그녀의 발밑을 스쳐 지나갔다.

딸기 타르트였다.

"……아."

덕분에 리엘의 얼굴이 그쪽을 향하자 옆에 완전한 사각이 생겼다.

'우오오오오오오오오오오오오오오오오오오오오!'

지금이다. 기회는 지금밖에 없었다.

글렌은 온 몸의 마력을 불태우면서 기척을 극한까지 지우고 달렸다.

그야말로 사중구활(死中求活).

각성이라고 표현해도 과언이 아니리라.

생에 대한 본능적인 갈망과 집착이, 극한에 달한 정신 상태가 글렌의 집중력을 한계 이상으로 끌어올려준 덕분에 리엘 수준의 검사도 눈치채지 못하는 사이에 옆을 통과하는 기적을 이루어낸 것이다.

그 찰나를 뛰어넘은 빈틈을 멋지게 찌르는 데 성공한 글렌은 그대로 욕실을 빠져나왔다.

"어? 리엘? 뭐해? 아~ 얘가 정말. 그 딸기 타르트는 어디서 가져온 거니?"

"우물우물."

하지만 아무것도 모르는 루미아와 리엘은 평화롭게 대화를 나누고 있었다.

"아, 아슬아슬했어요! 진짜 위험했다구요, 선배!"

"고, 고맙다! 덕분에 살았어, 로잘리! 이제 다 틀린 줄 알았는데!"

그리고 욕실에 딸기 타르트를 던진 구세주, 로잘리와 합류한 글렌은 서둘러 다른 곳으로 이동했다.

그 후에도 아슬아슬한 순간은 몇 번이나 있었다.

하지만 로잘리와 글렌은 힘을 합쳐 수많은 난관을 기적적으로 헤쳐 나갔다.

그리고…….

"여기가…… 레너드 씨의 서재인가."

마침내 목적지인 레너드의 서재에 도착했을 때는 둘 다 이미 녹초가 된 상태였다.

"좋아. 얼른 물건을 찾아서 튀자! 고 말하고 싶다만……."

글렌은 주위를 둘러보며 인상을 찌푸렸다.

벽에 책장, 안쪽에 책상이 있는 평범한 서재 구석에 있는 유리 선반에 수없이 많은 반지가 진열되어 있었기 때문이다.

뿐만 아니라 책상 서랍을 여니 그곳에도 만들다 만 반지와 완성품 반지가 가득 들어 있었고 방 여기저기에도 널려 있었다.

그제서야 글렌은 레너드의 장기가 반지를 이용한 마술이라는 사실을 어렴풋이 떠올렸다.

"이, 이 안에서 찾으라고? ……이래선 시간이 아무리 많아도 부족하잖아, 제길. 여기까지 와서."

이러면 언제 들켜도 이상하지 않다며 글렌은 한숨을 내쉬었다.

"괜찮아요. 저에게 맡겨주세요!"

그러자 로잘리가 이상한 소릴 하더니 검을 뽑고 눈을 감았다.

그리고 느슨하게 쥔 검을 흔들거리며 그 자리에서 천천히 돌기 시작했다.

"……지금 뭐 하냐?"

"다우징 마술이요."

로잘리는 눈을 감은 채 자신 있게 말했다.

"목표인 커플링에 관한 기억을 검끝에 담아 반응을 보는 거예요."

"호오?"

"전 이것밖에 할 줄 모르니까 엄청 연습했거든요. 그리고 샬도 이렇게 작중에서 검으로 다우징을 자주 했구요, 에헴!"

아무래도 분실물 찾기 의뢰 달성률 백퍼센트라는 말은 겉치레가 아니었나 보다.

이 엉터리 삼류 마도탐정도 조금은 성장한 것 같아서 솔직하게 감탄했다.

잠시 후.

검이 인도하는 대로 한 걸음 한걸음 나아간 로잘리는 곧 어느 한 지점에서 멈춰 섰다.

"찾았어요! 여기예요!"

어째선지 그곳은 책장이었다.

글렌이 책을 몇 개 빼고 안을 들여다보자 좁은 공간에 작은 상자가 놓여 있는 것이 보였다.

그것을 꺼내서 열어보니 안에는 다이아몬드로 추정되는 보석이 달린 은반지가 있었다.

"빙고! 그거예요! 클라이언트인 필리아나 씨가 보여준 커플링이랑 완전히 똑같은 물건이에요! 틀림없어요!"

로잘리의 검도 역시 이 반지를 가리키고 있었다.

"그렇군. 이게……."

신바람이 난 로잘리와 반대로 글렌의 마음은 무거웠다.

이것이 나온 시점에서 레너드의 외도는 거의 확정된 사실이었기 때문이다.

'하얀 고양이…… 루미아…… 리엘…… 그 녀석들은 앞으로 어떻게 되는 거지? 젠장!'

그래도 어떻게든 원만하게 수습해볼 수밖에 없으리라. 위선일지도 모르겠지만 자신에게는 그녀들의 일상을 지킬 의무가 있었고, 지켜주고 싶었다.

글렌은 그렇게 결심을 내렸다.

"흐흥~ 보셨나요? 선배! 이 세기의 마도탐정 로잘리의 탁월한 솜씨를! 이것으로 사건 해결~!"

"야, 인마. 위험하잖아. 알았으니 검은 그만 좀 치워."

어지간히 기뻤는지 끈질기게 계속 다우징을 하는 로잘리의 검끝이 글렌이 손바닥 위에 올린 반지의 보석 부분에 툭 닿은 순간—.

콰직.

소리를 내며 금이 가더니 반으로 쪼개지고 말았다.

"아."

"아."

깨진 반지를 본 글렌과 로잘리의 눈이 점이 되었다.

기묘한 침묵이 한동안 내려앉은 후.

"이 바보야아아아아아아아아아아아아아아아아아!"

"죄, 죄송해요! 죄송해요! 죄송해요오오오오오!"

글렌은 오른손으로 얼굴에 아이언 클로를 걸자, 로잘리는 그런 그의 손을 잡고 울면서 사죄했다.

"너 말야! 이게 무슨 짓이야! 바보 아냐?! 사람을 실컷 고생시켜 놓고 이게 대체 뭐냐고!"

"그, 그치만 검이 살짝 닿은 것만으로 이렇게 쉽게 깨질 줄은 몰랐단 말예요오오오!"

"시끄러워! 정말이지, 어쩔 거냐고 이걸! 아아, 진짜!"

글렌은 어깨를 늘어트리며 망가진 반지를 다시 내려다보았다.

"……응? 이건……"

하지만 곧 뭔가를 눈치채고 반지를 들어서 깨진 보석의 단면을 뚫어지게 쳐다보았다.

"……왜, 왜 그러세요?"

"……아니, 좀 이상한 게 있어서. ……야, 로잘리. 잠깐 묻고 싶은 게 있는데……."

"예?"

그 후.

파손되긴 했어도 일단 의뢰를 받은 물건을 확보한 글렌과 로잘리는 피벨 저택에서 철수했고, 바로 클라이언트가 기다리는 거래 장소로 이동했다.

때는 이미 심야.

약속된 시각에 약속한 장소에서 둘은 클라이언트가 오는 것을 기다렸다.

"으으…… 반지를 깨먹었다고 혼나면 어쩌지……?"

"……."

어느 한산한 뒷골목에서 로잘리는 좌불안석, 글렌은 말없이 생각에 잠겨 있었다.

"……오셨군요, 로잘리 님."

이윽고 어둠이 내려앉은 길 안쪽에서 한 여성이 모습을 드러냈다.

"아, 필리아나 씨!"

로잘리가 그 모습을 보자마자 자세를 바로 했고 글렌은 눈을 가늘게 떴다.

"결과는 어떻죠? 그이가 바람을 피웠다는 증거품은…… 무사히 회수하셨나요?"

"무, 무무무, 물론이죠! 필리아나 씨! 자, 여기요!"

로잘리는 조심스럽게 반지가 든 작은 상자를 여성에게 건넸다.

"이, 이 명마도탐정 로잘리 디터트와 조수에게 이 정도 의뢰쯤은 식은 죽 먹기랍니다! 아하하하!"

"어머, 듬직하기도 해라. 정말 감사합니다."

여성은 살포시 웃으며 상자를 받아들고 열었다.

하지만 안에는 당연히 보석이 깨진 반지가 들어 있었기에 그것을 본 여성의 표정이 대번에 굳어버렸다.

"앗?! 이건……!"

"죄죄죄죄, 죄송합니다아아아아아아아아아아!"

바로 그 순간, 로잘리는 문설트 점핑 오체투지를 써서 그 자리에 바짝 엎드렸다.

"의뢰하신 물건을 깨먹고 말았어요오오오오오오오오! 그것도 전부 제가 아니라 이쪽에 있는 조수 때문에에에에에에에!"

"야."(우득)

글렌이 실눈을 뜨고 가차 없이 로잘리의 뒤통수를 짓밟았지만 여성은 이쪽을 돌아보려 하지 않았다.

"이게 대체…… 어떻게 된 거죠?!"

대신 몸을 부들부들 떨면서 애써 말을 쥐어짜 냈다.

"이걸 일부러 해주(解呪)해서 저에게 내밀다니……! 설마 비꼬는 건가요?! 로잘리 디터트…… 당신은 제 계획을 전부 다 알고 있었던 거죠!"

"……예? 해주? 계획?"

로잘리는 납작 엎드린 자세로 눈을 깜빡이며 여성을 올려다보았다.

"흥, 역시 그런 거였군."

글렌은 어깨를 으쓱이면서 앞으로 나섰다.

"이봐, 댁은 누구지?"

"……?!"

그 말에 여성의 몸이 굳어버렸다.

"확실히 잘 의태한 것 같긴 하지만, 내가 아는 필리아나 씨는 훨씬 더 미인에 기품 있는 여성이었거든?"

그, 그게 무슨…… 당신이 누군지는 모르겠지만, 무례하군요! 전 필리아나 피벨…… 레너드의 아내……."

"멍청아! 난 필리아나 씨의 지인이야! 이미 다 들통 났다고!"

"……?!"

넋을 잃은 여성 앞에서 글렌은 그녀가 손에 낀 반지를 가리켰다.

"그 반지의 보석 내부에는 저주의 룬이 극미세 사이즈로 새겨져 있더만? 내가 대충 기능을 분석해본 바로는『그 반지를 보낸 상대의 애정이 다른 한 쌍의 반지를 소유한 자신에게 향하게 하는』저주…… 심지어 끼고 다닐 필요도 없이 근처에 두기만 해도 효과가 발생하는 질 나쁜 물건이었어. 레너드 씨의 서재와 레너드 씨…… 밀접한 관계의 두 대상이 멀리 떨어져 있어도 서로에게 영향을 주는 마술 이론…… 이건 감염 마술의 응용이지."

"……?!"

"그 저주는 내구도가 극도로 낮은 대신, 그만큼 발견되기 어려운 술식이었어. 그래서 나도 처음에는 그게 저주의 반지라는 걸 전혀 눈치채지 못했지. 하지만…… 안타깝게 됐군. 그 저주는 이 풋내기 탐정이 산 파사의 검으로 해제해버렸거든. 낮은 내구도가 결국 화가 된 셈이지."

"그럴……수가……."

"여기서부터는 내 추리지만…… 아마 댁은 유부남인 레너드 씨를 짝사랑하고 있었어. 그래서 레너드 씨의 애정을 자신에게 돌리려고 그 반지를 본인에게 양도…… 아니, 아니지. 그 숨겨둔 방식으로 봐선…… 아마 피벨 저택을 방문했을 때 직접 레너드 씨의 서재에 몰래 숨겨둔 거겠지."

글렌의 지적에 여성은 눈을 부릅떴다.

"그리고 시간이 흘러 레너드 씨에게 충분히 저주가 침투했다는 것을 확신한 댁은 그 증거를 은멸하기 위해 이 얼간이에게 이번 일을 의뢰했던 거야! 아무래도 범인이 다시 한 번 현장을 찾는 건 위험부담이 클 테니까. 그리고 그렇게 해서 확보한 증거품을 본인이 숨겨버리면 완전 범죄가 성립되잖아?"

"그, 그, 그건……."

"이러니저러니 해도 레너드 씨는 대단한 애처가야. 당장은 댁의 마음을 받아들이지 못하겠지. 하지만…… 애정 자체는 이미 손에 넣었고 장기적으로 보면 확실하게 레너드 씨를 손에 넣을 수 있을 거라고…… 댁은 그렇게 생각한 거겠지?"

"나, 나는…… 난……!"

"포기해. 피벨 저택의 방문 기록과 저주의 반지, 그 밖에도 증거는 썩을 정도로 넘쳐나니까. 저주가 풀리고 계획이 백일하에 드러난 시점에서 댁의 패배…… 이건 그런 게임이었잖아?"

글렌이 사실을 들이대자, 그녀는 그제야 체념한 건지 변신 마술을 해제하고 전혀 다른 여성의 모습으로 변해서 그 자리에 힘없이 주저앉았다.

"죄송해요, 정말 죄송해요……. 사랑했는걸요……. 직장에서 처음 만난 그 순간부터…… 레너드 님을 사모했단 말예요……!"

그 젊은 여성은 양손으로 얼굴을 가리며 굵은 눈물방울을 뚝뚝 흘리기 시작했다.

아마 근본부터 악인은 아니었으리라. 그저 금단의 주술에 손을 대버릴 정도로 너무나도 레너드를 사랑했을 뿐.

아직 젊은 탓에 그 뜨거운 연심이 폭주하는 것을 미처 억누르지 못했던 게 아닐까.

"필리아나 님께는 죄송하다고…… 레너드 님의 가족분들께도 면목이 없었지만……! 그래도 전……!"

그리고 여성은 엉망이 된 얼굴을 들어 물었다.

"그런데…… 대체 어떻게 안 거죠? 그 저주의 존재는 설령 레너드 님 수준의 마술사라도 절대로 눈치챌 수 없을 터.

그런데 어떻게? 언제부터…… 당신들은 대체 언제부터 눈치채고 있었던 거죠?!"

"훗, 그건…… 물론 처음부터죠."

그러자 로잘리는 의기양양한 얼굴로 여성의 어깨에 손을 올리고 강하게 콧김을 불었다.

뻔뻔하기 짝이 없는 그 태도에 글렌의 몸이 한순간 휘청거렸다.

"예, 그래요. 전 당신의 계획도 저주도 처음부터 전부 간파하고 있었어요. 아무튼 전 굉장한 탐정이니까요! 하지만 당신이 잘못된 길로 가는 걸 막기 위해…… 일부러 모르는 척을 하고 의뢰를 받았던 거랍니다."

"로, 로잘리 씨……."

"괴로웠겠죠. 마음 아팠겠죠. 사랑을 포기하는 건 반신을 잃는 것만 같았겠죠. 하지만 당신의 행위는, 당신이 가장 사랑한 사람과 그 가족을 불행의 나락으로 떨어트리는 짓이에요. 과연 그걸 진짜 행복이라고 말할 수 있을까요?"

"……."

"아직 늦지 않았어요. 생각을 바꾸세요. 당신이 정말로 행복해질 수 있는 새로운 사랑을 찾는 것을 포기하지 말아주세요. 그것이야말로 저, 세기의 마도탐정 로잘리 디터트의 바람이랍니다."

그리고 이럴 때만 멋지고 우아하게 격식을 맞춰 목례하는 게 아닌가.

"……당신에게 의뢰하길 잘했네요. 로잘리 씨. 역시 당신은 소문 이상의 명마도탐정이었군요."

그러자 여성은 어딘지 모르게 개운한 얼굴로 말했다.

"전…… 자수하겠습니다. 죄를 갚고…… 진정한 제 사랑을 찾겠어요. 이번 일은 정말 감사했습니다."

"훗! 이것으로 사건 해결!"

펄럭!

로잘리가 이때를 노린 것처럼 인버네스 코트를 멋지게 나부낀 그때였다.

마치 순간이동처럼 그녀의 등 뒤에 나타난 글렌이 헤드록을 걸었다.

"꾸엑?!"

"너 말이다, 로잘리. 진짜 적당히 좀 하면 안 될까?! 그렇게까지 공적을 독점하고 싶어?! 그렇게 혼자만 멋진 척하고 싶냐고! 아앙?!"

"으아아앗?! 아야야야, 항복! 죄송해요! 죄송해요! 죄송해요오오오오~!"

"닥쳐! 매번 너만 멋진 부분을 독차지하고! 오늘만큼은 절대로 용서 못 해!"

"으갸아아아아아아아아아아앗?!"

뭐, 이렇게 해서 뚜껑을 열어보니 의외로 중대한 사건이었던 이번 의뢰는 여느 때와 똑같은 결말로 막을 내렸다.

다음 날.

"저기, 시스티! 오늘은 분명 아버님이랑 어머님께서 집에 돌아오시는 날이었지?"

"응, 응! 그 말대로야!"

오늘 수업이 끝나고 떠들썩한 교실에서는 루미아와 시스티나와 루엘이 즐거운 얼굴로 담소를 나누고 있었고, 그 익숙한 광경을 글렌은 교탁 위에 턱을 괸 채 지켜보고 있었다.

"맞아! 두 분 다 장기 출장으로 피곤하실 테니 오늘은 우리가 저녁식사를 차려드리는 게 어떨까?"

"그거 좋네! 난 찬성!"

"……응. 나도 도울래."

그 따스하고도 숭고한 광경 앞에서 글렌은 자기도 모르게 입을 열었다.

"야, 하얀 고양이. 요즘 부모님 사이는 좀 어떠시냐?"

"예? 갑자기 그건 왜요?"

그러자 시스티나가 고개를 살짝 갸웃거렸다.

"그야 여전히 신혼부부처럼 러브러브하시죠. 직장에서 보낸 편지나 통신 마도기의 정기 연락에선 변함없어 보이셨는데……."

"흐응?"

"아, 하지만 그러고 보니…… 요 며칠 전에는 어째 싸우기라도 하셨는지 묘하게 사이가 어색해보여서 좀 걱정했지만…… 오늘 아침 통화할 땐 벌써 화해하셨는지 딸인 저도 듣기 민망할 정도로 사이가 좋으셨어요."

"……그러냐. 그건 다행이군."

글렌은 피식 웃고 몸을 일으켰다.

"……선생님? 아, 맞다. 오늘은 부모님께서 오랜만에 집에 오셔서 저녁 메뉴를 좀 호화롭게 차릴까 하는데…… 괜찮으면 선생님도 참가하시겠어요?"

"아니, 사양할게. 가족끼리의 돈독한 시간을 방해하고 싶진 않거든."

그리고 강사용 로브를 어깨에 걸쳤다.

이번에 로잘리가 가져온 의뢰는 타이밍이 꽤 아슬아슬했다.

아무도 눈치채지 못했지만 시스티나의 가족이 붕괴하기 일보직전이었다고 해도 과언이 아니리라.

하지만 그 위기를 구한 것은 이러니저러니 해도 로잘리였다.

그녀가 우연히 의뢰를 받지 않았다면, 그녀가 우연히 그 저주의 반지를 망가트리지 않았다면…….

글렌도 미처 저주의 존재를 눈치채지 못하고 이번 사건의 진상에 도달하지 못했을 수도 있었다. 행복한 가정의 갑작스러운 붕괴라는 씁쓸한 결과만이 남았을지도 몰랐다.

아무리 우연이라도 결과는 결과.

어떤 작가는 탐정에게 요구되는 수없이 많은 자질 중에서도 가장 중요한 것은 운명을 기회로 만드는 힘이라고 말했었다.

그 말대로라면 로잘리는—.

“흥. 뭐, 그 엉터리도 가끔은 도움이 되네.”

그렇게 문득 떠오른 생각을 코웃음으로 일축한 글렌은 어깨를 으쓱이며 귀갓길에 접어들었다.

불꽃의 계승자

Inheritor of the Flame

Memory records of bastard
magic instructor

"웃기지 마!"

청년의 고함이 주위로 울려 퍼졌다.

이곳은 어느 산간지역에 비밀리에 설치된 야영장.

사각이 많은 계곡 지형. 주위를 둘러싼 것은 울창하게 우거진 숲.

짙은 안개. 숨이 새하얗게 변하는 추위. 그 모든 것을 가려주는 밤의 장막.

그런 깊은 어둠 속에 숨은 천막 안에서 청년은 한 여자에게 험악한 기세로 뭔가를 따지는 중이었다.

"너, 제정신이야?! 진짜 대체 무슨 생각을 하는 거냐고!"

제국 궁정 마도사단의 예복을 입은 청년의 이름은 글렌 레이더스.

"시끄럽네 진짜……."

여자는 그런 글렌을 짜증스러운 눈으로 흘겨보며 머리카락을 쓸어 올렸다.

그러자 타오르는 불꽃같은 붉은 머리카락이 천막 안을 어슴푸레하게 밝힌 램프의 불빛을 이리저리 반사하며 눈을 어지럽혔다.

몸을 가린 투박한 마도사 예복 너머로 존재감을 주장하는 요염한 보디라인.

그야말로 절세의 미인이라는 말이 아깝지 않은 여자였지만, 마주하는 이의 등골을 서늘하게 만드는 냉혹한 분위기가 그 아름다움을 반 이상 가리고 있었다.

그녀의 이름은 이브 이그나이트.

알자노 제국의 고참 대귀족이자 마도 무문의 동량인 이그나이트 공작가의 차기 당주.

그리고 제국군 최강으로 유명한 제국 궁정 마도사단 특무분실의 실장이자 집행관 넘버 1《마술사》의 이름을 하사받은 실력파 여마도사이기도 했다.

그런 엘리트 중의 엘리트인 이브는 부하인 글렌의 반발에 불쾌함을 감출 기색도 없이 입을 열었다.

"몇 번이나 같은 말 하게 만들지 마. 인질은 전부 포기. 이건 이미 정해진 일이야."

그러자 글렌이 얼굴에 분노를 드러내며 뼛소리가 날 정도로 주먹을 강하게 말아 쥐었지만, 이브는 개의치 않고 냉담한 태도로 뒷말을 이었다.

"산간 마을 키름. 그곳을 무력으로 점거한 외도 마술사의 테러 조직 새벽의 혁명단. 마을 전체를 인질로 삼은 그들의 요구는『제국군에 붙잡힌 조직 간부 전원의 석방』. ……이런 말도 안 되는 요구는 절대로 받아들일 수 없어. 내 말 알아들었어?"

"그건 나도 알아! 그런 쓰레기들을 풀어줄 수 없다는 건!"

"정해진 시각까지 석방이 확인되지 않으면 놈들은 인질을 모조리 죽이겠다고 주장했어. 그리고 키름은 방어하기 쉽고 공략하기 어려운 지형이라…… 인질 구출은 거의 불가능해."

"그래서 포기하자는 거야?!"

"맞아. 머리 나쁜 당신은 이해할 수 없겠지만."

글렌의 반발에 이브는 자못 당연하다는 듯 대답했다.

"이건 기회이기도 해. 알았어? 키름은 공략하기 어려운 만큼 빠져나가기도 쉽지 않은 내륙의 고도야. 여기서 새벽의 혁명단을 박멸해버리면 제국에 둥지를 튼 병터 중 하나가 사라지는 셈이지. 이게 제국의 치안 향상에 얼마나 도움이 될지, 얼마나 큰 공적이 될지 알기나 해?"

"……!"

"잘 들어. 이건 제국의 평화를 위한 일이야. 이해해."

"아무리 그렇다지만, 키름의 주민들을 전부 죽게 내버려두는 건 이상하잖아!"

글렌은 이브의 멱살을 잡고 서로의 코가 맞닿을 정도의 거리에서 격정을 드러냈다.

"난 그런 작전은 따를 수 없어! 네가 그 작전을 단행하겠다면 더는 네 밑에서 일 못 해! 난 내 맘대로 움직이겠어!"

"뭐?!"

"확실히 우린 더러운 일만 도맡아 하는 쓰레기들이지만! 그건 전부 저들처럼 무고한 이들을 지키기 위해서였잖아?!

그거야말로 결코 넘어선 안 될 선이 아니었냐고!"

"그, 그건……."

"지켜야 할 사람들을 아무렇지 않게 포기하면서 뭐가 공적이야! 뭐가 제국군이냐고! 웃기지 마! 난 저들을 절대로 포기 못 해! 이런 세상이기에 난 더욱 더 내가 옳다고 믿는 길을 선택하겠어! 너희 윗대가리들의 사정 따윈 알까 보냐!"

그 순간—.

"닥쳐!"

대체 뭐가 역린을 건드린 건지 지금까지 간혹 짜증을 드러내긴 해도 냉정을 유지했던 이브가 갑자기 분노를 터트렸다. 그리고 글렌의 멱살을 잡은 뒤 타오르는 불길 같은 눈으로 그를 노려보았다.

"이제 와서 또 『정의의 마법사』 흉내야?! 적당히 좀 해!"

"……?!"

"왜 당신은 그렇게 내 명령을 무시하는 건데?! 명령에 따라! 말해두지만, 현장에서 상관의 명령에 거역하는 건 중죄야! 군법 회의에 회부되고 싶어?!"

"그래, 마음대로 해보시지! 내 말이 어디 틀렸어?!"

하지만 오는 말이 고와야 가는 말이 고운 법.

이브가 화를 내자 글렌도 분노로 응수했다.

"큭?!"

이브는 코가 맞닿을 정도의 거리에서 글렌의 눈을 들여다보았다.

하지만 거기서 느껴지는 건 한없이 진지하고 올곧은 감정뿐. 이성을 잃을 만큼 분노에 사로잡혔으면서도 자신이 옳다고 믿는 길을 걸으려 하는 강한 의지의 빛이 번뜩였다.

항상 그녀의 마음을 뒤흔드는 그 빛이…….

아마 이제 자신의 눈에서는 결코 보이지 않을 그 빛이…….

"진짜 싫어. 당신 따윈 정말 꼴도 보기 싫어……."

그 순간, 이브의 목소리가 갑자기 차가워지고 눈빛도 어둡게 가라앉았다.

그녀를 중심으로 기온이 급상승하는데도 주위의 공기는 마치 한겨울처럼 싸늘했다.

"아무래도 험한 꼴을 당해봐야 말귀를 알아들으려나 보네."

"……?!"

그리고 글렌의 멱살을 잡은 이브의 손에서 불꽃이 피어올랐다.

야영지의 작전 본부인 이곳은 이미 그녀의 영역.

시크릿
권속비주(眷屬秘呪) 【제7원】.

열과 불꽃 마술의 대가 이그나이트의 비전 오의(奧義). 술자가 지정한 영역에서 염열계 마술의 발동에 필요한 다섯 공정(퀸트 액션)을 전부 생략하고 주문 없이 자유자재로 불꽃을 다룰 수 있게 해주는 규격 외의 술식.

이것이 바로 이그나이트를 근거리 마술전투 최강의 《홍염

로드 스칼렛
공(紅焰公)》이라 불리게 한 마술이었다.

"너, 너어……?!"

"이런 일로 당신과 매번 드잡이를 하는 건 이제 진저리가 나! 차라리 이 기회에 제대로 기강을 잡아주겠어……!"

이브는 그렇게 위협하며 한층 더 사납게 불꽃을 일으켰다.

얼어붙을 듯한 차가운 분위기와는 반대로 급격히 치솟는 실내온도.

거친 열기와 열파가 인정사정없이 살갗을 태우자, 글렌도 반사적으로 허리춤에 있는 권총으로 손을 뻗은 그때—.

"안 돼애애애애애애애애애!"

소녀의 목소리와 함께 몰아친 돌풍이 주위의 불꽃을 모조리 꺼트렸다.

"거기까지다."

그리고 조용히 나타난 남자가 이브의 손을 잡았다.

세라와 알베르트였다.

그리고 둘 뒤에는 최근 특무분실에 입실한 크리스토프도 서 있었다.

"둘 다, 싸우면 안 돼!"

"이런 데서 우리가 싸워서 무슨 이득이 있지?"

"맞아요. 일단 진정 좀 하시죠."

빵을 부풀리며 화를 내는 세라와 얼음 같은 표정의 알베르트, 그리고 온화한 목소리의 크리스토프.

그런 여느 때와 다름없는 동료들의 모습에 이브는 겸연쩍은 얼굴로 글렌에게서 손을 뗐다.

"……칫!"

그러자 글렌도 한 걸음 물러서더니 불쾌한 기색으로 고개를 돌렸다.

"흠. 너희가 싸운 이유는 대충 짐작이 가는군. 아마 그 작전 때문이겠지?"

"말해두지만, 먼저 시작한 건 내가 아니라 글렌이야."

알베르트가 담담한 목소리로 묻자 이브는 팔짱을 끼고 코웃음을 치며 시선을 피했다.

"그야 그렇겠지. 이러는 건 하루이틀일이 아니니까."

"그럼 이야기가 빠르겠네. 알베르트, 당신도 글렌에게 한마디 해줘. 인질을 포기하는 건…… 이미 정해진 일이라고. 효율을 중시하는 당신이라면 이해할 수 있잖아?"

이브는 이제 자기편이 생겼다는 듯 의기양양한 얼굴로 재촉했다.

"그것 말이다만…… 나도 반대다."

"뭐?"

하지만 뜻밖에도 알베르트마저 작전을 거부했다.

"그게 무슨 소리지? 당신까지 상관의 명령을 거역하겠다는 거야?"

"우리는 군인이다. 가능한 한 지시대로 임무를 수행해야 하겠지. 하지만 이게 정말로 더 많은 이를 구하기 위한, 어쩔 수 없는 희생인 건가?"

"……?!"

알베르트가 그렇게 지적하자 이브는 그 자리에서 경직되었다.

"때로는 아홉을 구하기 위해 하나를 포기하는 비정한 결단을 내려야 할 때도 있지. 하지만 내가 보기에 적어도 이 상황은…… 아직 그 단계까지는 아닌 것 같군."

"마, 맞아. 이브. 아직 시간이 있잖아."

그리고 세라까지 거들기 시작했다.

"다시 한 번 생각해보면 안 될까? 모두를 구할 수 있는 방법을. 너라면 분명 가능할 거야. ……물론 우리도 온 힘을 다해 협력할게. 글렌도…… 그치?"

"……흥! 글쎄올시다!"

애처럼 토라진 목소리에 세라가 쓴웃음을 흘렸다.

"……크……."

그런 동료들 앞에서 이브는 분한 얼굴로 주먹을 쥐고 고개를 떨구었다.

글렌은 그렇다 쳐도 이 원정부대의 주력인 알베르트와 세라까지 반대하는 이상 불리한 건 자신 쪽이었기 때문이다.

"그래도…… 그래도 난……!"

하지만 한 번 명령을 내린 이상, 상관으로서의 체면을 지키기 위해서라도 물러설 수는 없었다.

어쩔 수 없이 상관 권한으로 명령을 관철하려 한 순간이었다.

"뭘 그렇게 조급해하는 거지? 이브."

"……?!"

알베르트의 말이 정곡을 찌르자 그녀의 머릿속에 마치 저주처럼 달라붙은 어떤 기억이 되살아났다.

—이브. 이번 작전에 대해선…… **알고 있겠지**?

—실패는 용납할 수 없어. 이그나이트의 이름을 걸고.

—만약 실패한다면 네놈은…….

"……나, 나는…… 난……."

평소의 자신감 넘치는 이브의 표정이 마치 길 잃은 아이처럼 침울해졌고, 결국 보다 못한 알베르트가 한숨을 내쉬며 제안했다.

"잠깐 쉬는 게 어떤가. 아무래도 격무로 인해 정신적으로 몰려 있는 것 같군."

"그러게. 피곤하면 좋은 생각도 잘 안 떠오를 테고……."

"아니야! 난……."

"네가 쉬는 동안 부대의 지휘는 내가 맡도록 하지."

"전 계속해서 키름의 상황을 조사하겠습니다. ……뒷일은 부탁드릴게요.”

“응, 알았어. 크리스토프 군. 아무쪼록 조심해. 자, 우리도 가자. 글렌 군도 좀 쉬어야지? 응?”

“……칫.”

각자 그런 말을 남기고 천막을 나가버렸다.

“자, 잠깐만……! 왜 멋대로…….”

그런 부하들의 태도에 이브는 다시 화를 내려 했지만 그 분노의 불길은 터지기 직전에 촛불처럼 힘없이 꺼지고 말았다.

“……대체 뭐냐구…… 진짜…….”

이브는 힘없이 의자에 앉은 뒤 작전 테이블 위에 엎드렸다.

마음이 무거웠다.

확실히 알베르트 말대로 현재 자신은 여러모로 지쳐 있었다.

‘……난 왜 이런 불쾌한 기분이 드는 걸까?’

이브는 힘없이 엎드린 채 이 감정의 정체를 찾으려 했다.

하지만 고민해볼 것도 없이 이유는 명백했다.

“……글렌…….”

그 남자다.

언제까지고 『정의의 마법사』 같은 유치한 이상에 매달리는 그 남자 때문이었다.

그렇다고 그가 현실을 제대로 보지 못하는 바보인 것도 아니었다.

정말로 그런 바보였다면 경멸하고 무시해버리면 그만이다.

이토록 불쾌감에 시달릴 이유가 없었다.

글렌은 이미 이 세상에 『정의의 마법사』 따윈 존재하지 않는다는 사실을, 자신의 한계를 이해하고 있었다. 아무리 노력해도 절대로 닿을 수 없는 꿈이라는 것을 알고 있었다.

하지만 그런 현실에 직면해도 그는 꿈을 포기하지 않았다.

자신이 믿는 올바른 길을 관철하고자 했다.

하지만 그런 글렌의 모습을 보고 있으면 자신은…….

"……짜증나. 아아, 진짜 짜증나……!"

언제나 말로 표현할 수 없는 불쾌감과 짜증이 치밀어 오르는 것이다.

"뭐야, 대체 뭔데……! 왜 저 녀석을 보고 있으면 이렇게 조바심이 나는 거냐구……!"

생리적으로 맞지 않거나 받아들일 수 없는 것과는 달랐다.

글렌의 무언가가 그녀의 마음 속 깊은 곳을 계속 자극해 불협화음을 일으킨 것이다.

"대체 저 녀석의 뭐가……."

이브는 테이블 위에 힘없이 엎드린 채 멍하니 생각에 잠겼다.

지친 몸과 마음이 바라는 대로 짧은 휴식을 누리며 하염없이 그런 생각을 되풀이했다.

──.

—갑작스럽지만 잠깐 옛날이야기를 해보고자 한다.

내 어머니의 이름은 셰라 디스트레.

그녀는 선량하고 좋은 어머니였으나 동시에 불행한 사람이기도 했다.

신분은 평민.

그리고 이그나이트가를 대대로 섬긴 고용인이었다.

이제는 자세한 사정을 알 수 없지만 나를 임신한 탓에 어머니는 휴가를 구실삼아 가문에서 추방당하고 말았다.

나 때문에 이그나이트라는 거대한 집단의 보호를 받는 생활을 잃고 만 것이다.

어머니는 세상물정 모르는 여자였다. 딱히 학력이 있는 것도, 우수한 직업 기술을 지닌 것도 아니었다.

이 냉혹한 사회에 갑작스럽게 의지할 곳도 없이 내팽개쳐진 그녀를 기다리고 있었던 건 고난과 역경뿐이었을 터.

하지만 그녀는 단 한 번도 나를 낳은 사실을 후회하거나 자신의 불행을 결코 내 탓으로 돌리지 않았다.

—후훗, 착하다. 착해. ……우리 귀여운 이브.

—태어나줘서 고맙구나. 내 곁에 와줘서 고마워.

—내가 널 지켜줄 테니까, 앞으로도 쭉 지켜줄 테니까…….

—그러니 얼른 커서 이 엄마랑 같이 놀자꾸나.

내 기억 속의 어머니는 언제나 웃고 있었다.

전혀 힘들어하는 내색도 없이 여자 혼자의 힘으로 나를 키워주었다.

하지만 학력도 기술도 없는 평범한 평민의 딸, 하물며 애가 딸린 여자가 할 수 있는 그리 많지 않았고 당연히 수입도 적었다.

생활은 늘 궁핍했고 일과 육아를 병행하느라 무리를 거듭할 수밖에 없었다.

이제 와서 돌이켜보면 당시의 어린 나에게는 결코 말할 수 없는 일, 예를 들면 몸을 파는 일까지 했을지도 몰랐다.

전부 나를 위해서.

하지만 그런 생활이 불행했느냐고 묻는다면, 아니었다.

어머니는 명백히 짐짝에 불과한 날 진심으로 사랑하면서 온 힘을 다해 키웠고…….

과로 때문에 자주 병에 시달리면서도 늘 다정했기에…….

그래서 어린 마음에도 난 언젠가 꼭 내가 어머니를 호강시켜드릴 거라며 필사적으로 공부에 매달렸다.

집 근처에 있는 교회에서 여는 주말학교에 다니며 밤낮을 가리지 않고 책을 붙들고 살았다.

다행히도 타고난 머리가 좋은 편이었는지 머지않아 나는 천재, 신동이라 불리며 다양한 장학금과 지원금을 제공하겠다는 제안을 받게 되었다.

그 당시 교육기관 관계자로부터 댁의 따님은 더 좋은 학교를 다녀야 한다는 말을 들었을 때 어머니가 지었던 표정을 난 아마 평생토록 잊을 수 없으리라.

마치 자기 일처럼 울면서 기뻐하고 연신 날 칭찬해줬던 어머니.

이것으로 그녀도 조금이나마 편해지고 생활에도 여유가 생기지 않을까.

지금까지는 어머니의 보살핌을 받았지만 앞으로는 내가 어머니를 지켜드리자.

그렇게 모든 일이 좋은 방향으로 나아가고 있다고 희망을 품었던 어느 날.

그것은— 내가 아홉 살 때의 일이었다.

우리 모녀가 살던 빈민가에서 결국 도주를 포기한 외도 마술사가 제국군 마도사들과 격렬한 시가전을 벌였고, 불행히도 난 그 현장에 휩쓸리고 말았다.

태어나서 처음으로 본 무시무시한 마술의 위력 앞에서 나는 겁에 질려 꼼짝도 할 수 없었다.

그러다 누군가가 날린 **불꽃** 주문이 나를 향해 날아왔고…….

—콜록! 미안하구나, 이브. ……난 이제 네 곁에 있어줄

수 없을 것 같아…….

—미안…… 못난 엄마라 미안해…….

—정말로…… 미안하구나, 이브. 이렇게 떠나는 날…… 용서해주렴…….

절체절명의 순간, 나를 감싼 어머니가 대신 목숨을 잃고 말았다.

너무나도 갑작스럽고 허망한 최후였다.

이제야 희망이 보이기 시작했는데. 모처럼 모든 것이 좋은 방향으로 흘러가고 있었는데…….

더 없이 선량한 사람이었던 내 어머니의 인생은 결국, 마지막까지 아무것도 보답 받지 못한 채 그렇게 막을 내리고 말았다.

희망이 보인 순간 절망의 나락으로 떨어트리다니, 어째서 신께서는 이다지도 잔혹한 거지?

대체 어머니가 무슨 짓을 했다고?

대체 전생에 무슨 짓을 저질러야 이런 꼴을 당하는 거지? 아니, 혹시 전부 내 탓이야?

평범한 사람과 결혼해서 평범하게 아이를 낳고 평범하게 행복해져야 할 사람이었다. 그 누구보다 행복을 누려야 할 사람이었다.

그런데도 나 같은 아이를 낳은 탓에…….

………….

친아버지인 아젤 르 이그나이트와 처음 만난 건 이 무렵이었다.

"네가 이브…… 셰라의 딸인가."

그 남자는 어머니의 묘 앞에서 넋을 잃은 채 우는 내 앞에 불현듯 나타났다.

이그나이트의 독자적인 정보망, 아니면 다른 소식통을 통해서 알게 된 것이었을까.

이제 와서는 알 수 없지만 그는 정말 아무런 전조도 없이 내 앞에 나타났다.

자신과 같은 머리카락과 눈동자 색. 그리고 분위기. 혹은 보다 근원적인 뭔가가 그가 내 피붙이라는 사실을 본능적으로 짐작케 했다.

그렇게 나는 이 남자가 내 친부라는 사실을 첫눈에 알 수 있었다.

아버지와의 이 갑작스러운 만남을 기뻐해야 할지. 아니면 어머니를 버린 그에게 원망을 쏟아야 할지.

어린 내가 갈피를 잡지 못하고 있자, 그는 아무리 첩이라고 해도 한때 정을 나눈 여자의 묘에는 눈길조차 주지 않고 일방적으로 말했다.

"내 가문의 적자 리디아의 동생…… 아리에스가 『병사』하는 바람에 마침 차기 당주의 『예비』가 필요하던 참이었지. 그래서 어쨌든 이그나이트의 피를 이은 네놈을 『예비』로써 본가에 받아들이기로 했다."

예비. 아버지는 처음 만난 나에게 분명히 그렇게 말했다.

더 자세한 사정을 들어보니 아무래도 난 그를 만난 시점에서 이미 마도의 대가 이그나이트의 『예비』가 되는 운명을 피할 수 없게 된 모양이었다.

그저 헛웃음만 나왔다. 어쩌면 일방적으로 나 혼자만 느꼈던 걸지도 모를 첫 만남의 여운이 완전히 날아가 버린 순간이었다.

"그건 그렇고 이브라고 했나? 당연히 리디아보다는 못 해도 제법 쓸 만한 마력을 가지고 있군. 예비로는 충분하겠어. 그 멍청하고 무능했던 셰라도 죽기 전에 제법 쓸 만한 걸 남기고 갔군."

당연히 난 이 남자에게 강한 분노와 반발심을 느꼈다.

하지만 당시 아홉 살 소녀에 불과했던 나에게는 발언할 권리조차 없었다.

그리고 그런 오만한 아버지에 대한 분노보다 내 마음을 더 강하게 지배한 것은 슬픔이었다.

그토록 선량하고 행복해져야 할 사람이었던 어머니가 그에게는 전혀 특별한 존재가 아니었다는 잔혹한 사실이 그저 괴롭기만 했다.

'……그럼 내가 우수한 마술사가 되면 어머니에 대한 평가를 고쳐주지 않을까? 어머니를 특별하게 여겨주지 않을까?'

아무런 근거도 없는 어린애다운 발상이었지만 당시의 내가 의지할 수 있는 건 고작 그것뿐.

애초에 아홉 살에 불과한 소녀에게 다른 선택지 같은 건 존재할 리 없었고, 그렇게 그날부터 난 모든 과거를 버린 채 이그나이트를 위한 살아있는 부품이 되었다.

이브 디스트레가 아닌 이브 이그나이트가 된 순간이었다.

그리고 세월이 흘렀다.

——.

알자노 제국 수도, 제도 오를란도의 교외.

다섯 개의 거탑으로 이루어진 제국 궁정 마도사단의 총본산 『업마(業魔)의 탑』.

"《울부짖으라 불꽃 사자여》!"

그곳의 광활한 특별 훈련장에 소녀의 늠름한 목소리가 울려 퍼졌다.

새것으로 보이는 마도사 예복을 입은 붉은머리 소녀가 옆으로 몸을 날리며 주문을 영창한 것이다.

다음 순간, 날카로운 전격이 소녀의 몸을 아슬아슬하게 스쳤고 반대로 소녀가 날린 화염구는 상대의 몸에 정확히 명중했다.

"으아아아아아앗~?!"

"그만!"

성대한 폭발이 상대 마도사를 날려버리자 교관인 듯한 인물이 나서서 모의전투를 종료시켰다.

"포인트 0-3! 승자, 이브 이그나이트 십기장!"

""""우오오오오오오오오오오오오오오옷!""""

그 순간, 주위에서 마른 침을 삼키며 시합을 지켜보고 있던 군의 마도사들이 일제히 경악했다.

"진짜야?! 말도 안 돼! 크로우까지 당했다고?!"

"제기랄, 올해 신병 놈들의 기를 좀 죽여 놓을 생각이었는데 오히려 이쪽이 당하다니!"

"정말로 저게 올해 군사학교를 졸업한 햇병아리라고?!"

"……역시 마도무문의 동량 이그나이트 출신답네."

수많은 감탄을 한 몸에 받는 소녀, 이브는 왼손을 휘둘러서 마력의 잔재를 떨쳐낸 후 숨을 한 번 내쉬며 목례했다.

이브 이그나이트, 14세.

제국군 사관 후보 학교에 입학 후 부단한 노력과 단련 끝에 마침내 마도의 재능을 개화시켰고, 이례적인 월반을 거듭해 역대 최단 기간 졸업을 달성.

그리고 마도사의 정예 부대인 제국 궁정 마도사단에 즉시 입단해 이미 여러 실전 임무에 투입되어 무공을 세우고 있는 재녀.

그렇게 엘리트 가도를 거침없이 달리며 이그나이트의 명성에 부족함이 없는 화려한 경력을 쌓고 있었다.

그리고 군사훈련의 일환으로 제국 궁정 마도사단의 18세 이하 단원들만 참가할 수 있는 이번 정기 모의 대회에서도 압도적인 실력으로 1위의 자리를 거머쥐었다.

"우오오오오오! 또~졌~어어어어어어어!"

이윽고 온몸이 새카맣게 그을린 마도사가 이브에게 다가왔다.

두발을 황금색과 붉은색으로 나눠서 염색한 군인답지 않은 화려한 모습. 방금 시합에서 이브에게 진 마도사였다.

"제길, 넌 대체 뭐야! 왜 나보다 어린 주제에 이렇게 강한 거냐고!"

"당신도 충분히 강하잖아, 크로우 오검 십기장. 작년 전체 석차 3등이었다면서?"

"시끄럽거든? 올해 수석! 지금 여유부리는 거냐!"

크로우는 울상이 된 얼굴로 이브에게 생트집을 잡았다.

"난! 더 수업을 쌓고 강해져서 반드시 널 이기고 말겠어! 그때까지 목 씻고 기다리라고, 젠장! 으허어어어엉~!"

하지만 곧 울음을 터트리면서 저 멀리 달려갔다.

"후우, 정말 귀찮은 남자야……."

이브는 한숨을 내쉬며 그 뒷모습을 바라보았다.

하지만 그처럼 대쪽 같은 성격의 남자는 사실 희귀한 축에 속했다.

"빌어먹을…… 뭐냐고 저게……. 완전 반칙이잖아……."

"저런 더러운 가문의 인간이 왜 저렇게 활개 치는 거야?"

"어차피 세상은 재능과 가문의 위광인 거네……."

"……제길, 의욕 떨어져."

멀리서 관전 중인 신진 마도사 중에는 오히려 시기, 질투, 혐오 같은 어두운 감정을 노골적으로 드러내는 자도 다수 존재했다.

또한 자세히 들여다보면 이브를 칭찬하는 이들도 대부분 그녀의 압도적인 재능과 힘을 경계하고 있는지 경악, 부정, 의문이 뒤섞인 눈으로 이쪽을 바라보고 있었다.

하지만 그것이 험담으로 그치면 딱히 문제될 건 없었다.

자신도 그 정도쯤은 무시할 수 있는 처세술을 갖추고 있었으니까.

"흥, 아주 참 잘 나가시는군. 이브 이그나이트."

문제는 이처럼 실제 행동으로 나서는 부류였다.

목소리가 들린 쪽으로 시선을 돌리자 음울하고 신경질적인 인상의 청년이 이쪽을 향해 다가오고 있었다.

"마술 단련에는 여러모로 돈이 들기 마련. 넌 그 나이에 그 영역에 도달하려고 대체 얼마나 많은 돈을 쏟아 부은 걸까? 아아~ 이래서 잘난 집 자식들이란."

이브 앞에 선 청년은 건방진 태도로 그녀를 내려다보았다.

"지저분한 수법으로 정적을 몰락시키고 주위의 모든 인간을 도구로 취급하는 짓거리만 반복해서 제국 상부에도 영향력을 미치게 된 썩어빠진 가문…… 그런 곳에서 벌어들인 돈으로 압도적인 힘을 손에 넣은 기분은 어때? 참 끝내주지? 아앙?"

"리저프 정기사. 제게 무슨 볼일이라도?"

하지만 이브는 도발에 응하지 않고 담담하게 물었다.

"뭐, 딱히? 이그나이트라는 거대한 뒷배 덕분에 한껏 콧대가 높아졌을 애송이에게 선배로서 사회 공부나 좀 시켜줄까 해서."

"필요 없습니다. 그리고 전 십기장…… 당신의 상관이에요. 말투에 주의해주시길."

"흥, 세상 물정 모르는 애송이 주제에 건방 떨기는."

"본가에 대한 명백한 모욕을 포함해 계속 불쾌하게 입을 놀린다면 이쪽에도 생각이 있습니다만?"

이브도 얕보이지 않으려고 차갑게 위협했다.

"칫……."

그러자 리저프는 시선을 피하며 등을 돌렸다.

"그 기만에 가득 찬 권세가 계속될 거라고 생각하지 마라. ……더러운 놈들."

"……."

이브는 저주에 가까운 말을 남긴 채 떠나가는 그의 모습을 묵묵히 지켜보았다.

이그나이트 공작가는 제국 동부에 광대한 영지를 보유한 제후다.

하지만 왕실 다음가는 지위를 가지고 제국 정부의 요직에 앉은 이그나이트 공작가의 당주가 1년 내내 영지에 틀어박혀서 영지를 돌보는 건 아무래도 무리가 있었다.

그래서 영지 운영은 일족에서 선출된 대행에게 맡기고 당주는 주로 제도에 있는 이그나이트 가문 소유의 별장에서 업무를 보았다.

"그게 뭐 어쨌다는 거지?"

그런 별장 서재의 책상 앞에 앉아 서류를 눈으로 훑는 붉은 머리의 중년 남성은 눈앞에 서 있는 이브에게 시선 한 번 주지 않고 차가운 목소리로 말을 내뱉었다.

아젤 르 이그나이트 경.

이그나이트 공작가의 현 당주이자, 군의 최중요직을 맡은 인물.

여왕의 원탁회에서도 한 자리를 차지한 그는 제국군 내부에 절대적인 영향력을 가진 남자였다.

“모의 마술전투 대회에서 우승했다? 이그나이트라면 그 정도쯤은 당연한 일이거늘. 네놈은 고작 그걸 보고하려고 일부러 내 시간을 뺏은 건가?”

“아, 아뇨. 아버지. 전 그저…….”

눈을 마주치지 않아도 남자에게서 풍기는 위압감만으로 이브는 기가 죽었다.

“그딴 것보다 네놈이 참가했던 지난 테러 조직 토벌 임무 말인데…… 보고서는 읽었다.”

“아, 예! 그때는 제 활약을 에르네스 백기장도 높이 평가…….”

이브가 그 말에 화색을 띄었다.

“지금 장난하는 거냐? 네놈은 목표가 너무 낮아.”

하지만 돌아온 질책에 다시 입을 다물 수밖에 없었다.

“에르네스 같은 범부에게 칭찬을 들은 게 그렇게 자랑스러운 거냐? 얼빠진 놈 같으니.”

“……으.”

“애당초 넌 임무 중에 독단으로 움직였던 때가 있더군. 그건 더 큰 공적을 세울 수 있는 기회였다. 하지만 네놈은 멍청하게도 스스로 그걸 날려버렸지. 제대로 할 생각이 있긴 한 거냐?"

"아, 아뇨! 저는 결코……! 그리고 그땐 제가 나서지 않았으면……."

"닥쳐. 어디서 감히 말대답이지?"

이브가 뭔가 변명하려 했지만 아젤은 냉담하게 말을 가로막았다.

"네놈은 시시한 정에 얽매여서 중요한 걸 잊는 경향이 있다. 그래서 아직까지도 삼류인 거지. 넌 대체 언제쯤 일류가 되려는 거냐? 나 원, 그런 어리석은 부분은 셰라와 똑같군."

"……."

"아무리 예비라고 해도 네놈은 이그나이트다. 서자라는 변명은 통하지 않아. 그러니 한 시라도 빨리 그 격에 맞는 능력을 갖추도록."

"죄, 죄송합니다. 아버지. 이그나이트를 짊어질 그릇이 될 수 있도록, 아버지의 기회에 부응할 수 있도록 앞으로도 일로정진……."

"기대 따윈 해본 적도 없다. 네놈이 성과를 내는 건 의무일 뿐."

"……!"

너무나도 냉담한 아젤의 발언에 이브는 슬프게 고개를 떨굴 수밖에 없었다.

"이야기는 이걸로 끝이다. 어서 가서 네 할 일이나 해."

"……알겠습니다."

완전히 의기소침해진 이브는 그 말을 끝으로 서재를 나갔다.

하지만 서류에 시선을 고정한 아젤은 마지막까지 단 한 번도 그녀의 모습을 쳐다보지 않았다.

별장을 나와 군 기숙사로 향하는 길.

'……알고 있었어. 알고는 있었지만…….'

자연스럽게 한숨이 나왔다.

아젤에게 모의 마술전투 결과를 보고해봤자 이런 반응이 되돌아올 것은 예상하고 있었다.

그럼에도 일부러 보고한 것은…… 역시 혹시나 하는 기대 때문이었다.

아젤이 자신을 인정하고 칭찬해줄 거라는 기대를…….

'아버지가 날 인정해준다면…… 그럼, 적어도 어머니는 그 사람에게 특별한 존재였다는 증명이 될 테니까. ……그렇게라도 하지 않으면 어머니가 너무 불쌍하잖아.'

그런 생각으로 필사적으로 달려온 지 벌써 5년.

그동안 알게 된 것은 아버지에게 어머니는 정말로 아무것도 아닌 존재였다는 사실과, 자신은 그저 이그나이트라는 거대한 배를 움직이는 뼈대의 예비에 불과하다는 사실뿐이었다.

'……이젠 현실을 직시해야 할 때가 온 걸지도 몰라.'

평민인 첩이 낳은 아이.

이른바 『붉은 피』가 섞인 이브에게 순혈 귀족 이그나이트의 일족은 하나 같이 냉담했다.

항상 최고의 결과를 요구하면서 실패하면 질책과 매도를, 반대로 결과를 내면 그게 당연하다는 듯 기계적으로 다음 결과만 요구했다.

세간에서 상상하는 귀족의 화려한 생활과는 거리가 먼, 당장에라도 숨이 막힐 것 같은 생지옥이나 다름없는 세계.

이브가 요 5년 간 그 중압감과 책임에 무너지지 않고 버틸 수 있었던 건 기적에 가까웠다.

'아니, 기적이 아니야. 내가 나로 있을 수 있었던 건 『그 사람』 덕분. ……만약 그 사람이 이그나이트에 없었으면 난 이딴 집구석에서 단 1초도 버티지 못했을걸?'

그러자 갑자기 이상하게 그 사람이 만나고 싶어졌다.

'……지금은 분명 북방 변경의 마수 토벌에 참가해서…… 예정대로라면 오늘 제도로 귀환해야 할 텐데…….'

이브가 멍하니 그런 생각을 하며 걸은 순간―.

"누구~게!"

갑자기 눈앞이 깜깜해졌다.

뒤에서 몰래 다가온 누군가가 손으로 이브의 두 눈을 가렸기 때문이다.

이건 명백한 이상 사태였다.

아직 어리지만 동기 중에서는 견줄 자가 없는 실력파 마도사인 이브가 기척을 느끼지도 못하는 사이에 뒤에서 접근하는 것은 군의 일선급 마도사라도 쉬운 일이 아니리라.

그런 고로 범인으로 예상되는 인물은 단 한 명뿐이었다.

“리, 리디아 언니?!”

“후훗, 오랜만이야. 이브. 잘 지냈어?”

이브가 눈을 가린 손을 치우고 뒤를 돌아보자, 그곳에는 제국 궁정 마도사단 특무분실의 예복을 입은 여성이 서 있었다.

나이는 대략 스무 살쯤. 바람에 나부끼는 투명할 정도로 선명한 진홍색 장발과 부드러운 보랏빛 눈동자가 따스한 햇빛을 반사해 밝게 빛나고 있었다.

이브와 많이 닮은 정갈한 외모가 두 사람이 피를 나눈 사이란 것을 미루어 짐작케 했지만, 딱딱하고 차가운 인상의 이브와 달리 그녀는 가정적이고 붙임성이 좋은 인상이었다.

이브를 전여신(戰女神)과 같은 아름다움이라 비유한다면 그녀는 지모신(地母神).

미래를 밝게 비추며 사람들을 인도하는 불꽃 그 자체 같은 이 여성의 이름은 리디아 이그나이트.

엘리트 중의 엘리트. 제국 궁정 마도사단 특무분실의 실장이자, 집행관 넘버 1《마술사》의 이름을 하사받은 초일류 마도사이자, 이그나이트의 적자.

그리고 이브의 배다른 언니였다.

"언니…… 몇 번이나 말씀드리지만, 기척을 지우고 이러시는 건 좀 참아주세요."

"뭐 어때. 자매간의 애정 어린 스킨십인걸."

"후우…… 여전하시네요. 그건 그렇고 아무튼 돌아오셨군요."

"응, 위에 보고도 끝내고 온 참이야. 으~ 피곤해~."

이브는 담담한 목소리로 예의를 갖춰서 인사하려 했다.

"표정을 봐선 임무는 성공적으로 끝내신 모양이네요. 언니의 무사 귀환을 진심으로 기쁘게……."

"아, 맞아. 얘, 이브. 지금부터 시간 좀 있니?"

하지만 리디아는 말허리를 끊으며 장난스럽게 물었다.

"……예? 아뇨, 전 이제 개인 훈련을 할 예정……."

"난 지금부터 휴식인데, 이브. 나한테 시간 좀 내주면 안 될까?"

"아, 아니, 그러니까 전 지금부터……."

"조~아좋아좋아! 오랜만에 자매끼리 돈독한 시간을 가져보자구! 그럼 이제부터 제도 중심가로 렛츠 고~!"

"어, 언니~?!"

리디아가 손을 마구 잡아당겨서 이브는 마지못해 그 뒤를 따를 수밖에 없었다.

"음~ 맛있어. 전부터 저 가게의 새로운 메뉴를 먹어보고 싶었단 말씀이야~."

"……."

둘은 리디아의 강한 추천으로 노점에서 구입한 크레이프를 각자 하나씩 든 채 인파가 혼잡한 중심가를 거닐고 있었다.

"어때? 맛있지?"

"아, 예에…… 뭐."

이브도 여자인 이상 고소하게 구운 반죽에 적당히 단 크림과 다채로운 색상의 과일이 듬뿍 들어간 크레이프가 맛이 없을 리 없었다.

하지만 지금은 둘 다 군복을 입은 데다 천박하게도 길을 걸으면서 먹고 있는 상황.

혹시나 주위에서 이그나이트의 일족이 보고 있지 않을까 걱정돼서 전혀 맛이 느껴지지 않았다.

"아~ 이제 좀 살 거 같네~♪ 그건 그렇고 군의 휴대 식량은 대체 왜 그렇게 맛이 없는 걸까? 난 맛있는 식사야말로 군인들의 사기에 직결된다고 생각하는데…… 이브. 넌 어떻게 생각하니?"

"……군용 휴대 식량에 요구되는 건 전투를 지속하는 데 필요한 에너지를 섭취하는 거라, 전 맛은 딱히……."

"후우~ 이래선 장래에 네 혼처를 찾을 때 고생 좀 하겠는걸."

"쓰, 쓸데없는 참견이라구요!"

두 사람은 그런 일상적인 대화를 나누며 딱히 목적도 없이 나란히 걸었다.

"아, 이것 좀 봐! 이 액세서리 귀엽지 않니? 너한테 잘 어울릴 것 같아!"

"그런 건 저처럼 귀염성 없는 여자에겐 안 어울릴걸요."

때로는 노점상을 구경하거나—.

"아하하하하! 진짜 웃겨! 얘, 이브! 너도 봤어? 설마 처음에 둔 호박에 저런 장치를 해뒀을 줄이야! 푸흐흡!"

"저기…… 전 어디서 웃어야 할지 도통 모르겠는데요."

때로는 길거리 공연을 구경하고 돈을 던져주거나—.

"우와, 이 옷 괜찮네! 귀엽다~ 갖고 싶다~ 입고 싶다~."

"언니. 언니, 나이를 좀 생각하세요. 그런 하늘하늘한 소녀 취향의 옷은 좀……."

"어머, 그래? 그럼 너라면 분명 잘 어울리겠지? 좋아! 내가 사줄게!"

"됐거든요?!"

"그럼 바로 입어보자, 이브!"
"제 말 좀 들으시라구요!"

때로는 옷가게에서 이브에게 이런저런 옷을 입혀보거나 하며 시간을 보냈다.

기본적으로는 기운 넘치는 리디아에게 이리저리 휘둘려 다니는 상황이었지만, 이때 이브의 가슴을 채우고 있었던 건 틀림없는 안심감이었다.

항상 강철처럼 팽팽하게 긴장됐던 마음이 지금 이때만은 따스한 봄날의 눈처럼 녹아내리고 있었던 것이다.

밝고 사교적인 리디아와 무뚝뚝하고 비사교적인 이브. 둘 사이에 맞는 취미나 화제는 거의 없었지만, 모두가 자신을 『서자』로서 차갑게 내려다보는 이그나이트 가문에서 이 언니의 옆은 이브가 유일하게 안심할 수 있는 장소였다.

"……왜 그래? 이브."

문득 정신을 차리고 보니 리디아가 자신의 얼굴을 물끄러미 들여다보고 있었다.

"왠지 표정이 멍~한걸? 무슨 일 있었어?"

"아, 아뇨…… 딱히."

아무래도 너무 긴장을 푼 나머지 언니의 말을 흘려들은 모양이었다.

어느새 즐거운 시간이 끝나고 둘은 군의 숙소로 돌아가는 중이었다.

이미 해가 거의 저물어 붉게 물든 거리에서 발밑으로 길게 뻗은 그림자가 둘의 앞길을 먼저 나아가고 있었다.

"……죄, 죄송해요. 언니. 잠시 딴 생각 좀 하느라, 그게…… 방금 무슨 이야기를 하셨죠?"

"후훗, 내 귀여운 이브가 대활약한 이야기?"

하지만 리디아는 딱히 기분 상한 기색도 없이 피식 웃으며 대답했다.

"……제 활약이요? 그게 대체 무슨……."

"실은 이미 들었어. 오늘 이맘때마다 열리는 신진 마도사들의 모의 마술전투 대회에서 네가 단독 1위였다며?"

"……!"

조금 전에 아버지와 있었던 불쾌한 기억이 되살아나는 바람에 이브는 한순간 굳어버렸다.

"……예. 저도 말석이지만 이그나이트의 이름을 짊어진 몸. 가문의 이름에 부끄럽지 않은 결과를 내기 위해 필사적으로 싸웠으니까요. 하지만 어차피 모의전은 모의전. 그런 데서 이겨봤자 명예는……."

"굉장하잖아."

이브가 겸양하려 했지만 리디아는 마치 자기 일처럼 기뻐했다.

"넌 아직 열 네 살이잖아? 심지어 올해 입단한 신입. 그런데도 엘리트들만 모인 궁정 마도사단에서 우승하는 건 보통 일이 아닌걸."

"……아…… 그, 그게…… 전……."

"나도 입단한 건 열 다섯 살 때였거든? 넌 정말 굉장해. 어쩌면 장래엔 날 뛰어넘는 마도사가 될지도 모르겠어."

가문에서는 칭찬받는 일이 거의 없었던 이브.

물론 전혀 기대하지 않았다면 거짓말이겠지만, 실제로 언니에게 찬사에 가까운 칭찬을 듣자 얼굴이 뜨거워지고 가슴이 벅차올랐다.

"셰라 님…… 네 어머님이 살아계셨다면 분명 훌륭하게 자란 지금의 널 보고 무척 기뻐하셨을 텐데……."

"……!"

그리고 그 아무렇지 않은 한 마디가 지금까지 억눌러온 감정의 둑을 열고 말았다.

긴장이 풀어진 탓에 더는 자제할 수가 없었다.

이브가 갑자기 걸음을 멈추자 리디아는 뒤를 돌아보았다.

"……이브? 너…… 울고 있는 거니?"

"아뇨, 그게……."

"아, 미안. 혹시 내가 이상한 말이라도 한 거야?"

"아, 아니, 그런 게 아니에요."

도저히 눈물이 멎지를 않자 이브는 손으로 눈을 가리며

고개를 돌렸다.

참으려고 하면 할수록 자연스럽게 감정이 복받쳐서 눈시울이 뜨거워졌다.

“죄송해요. 마음이 좀 흔들려서…… 참으려고 했는데……. 이래서 넌 아직까지 삼류인 거라고 아버지께서도 말씀하셨는데…….”

“……이브.”

그러자 리디아는 진지한 표정을 짓고—.

“그래, 그래.”

따스하게 웃으며 동생의 머리를 부드럽게 쓰다듬어주었다.

“……넌 잘하고 있어. 그건 내가 누구보다 잘 아니까, 응?”

“……언니.”

그리고 리디아의 손을 잡은 이브는 주위의 시선을 피해 걸음을 옮기기 시작했다.

리디아가 이브를 데려온 곳은 『업마의 탑』 근처의 언덕이었다.

마도사의 훈련장으로도 쓰이는 이곳에는 지형이 완만하게 굽이치는 초원이 펼쳐져 있었다.

저녁놀에 타오르는 하늘과 지평선. 황금색으로 빛나는 구름. 풀들을 파도처럼 흔드는 시원한 바람.

이브와 리디아는 그런 초원 한복판에 있는 언덕의 경사면에 나란히 앉아 있었다.

"정말 갑갑한 집구석이지. 숨 쉬는 것조차 힘들 정도로. ……나도 알아."

리디아는 바람에 나부끼는 머리카락을 손으로 누르며 먼 곳을 바라보았다.

"하지만 걱정하지 마. 너에겐 내가 있으니까. 나만은 네 편이 되어줄게, 이브."

"언니……."

그런 언니의 옆얼굴을 훔쳐본 이브는 문득 신기한 기분이 들었다.

피는 조금도 이어져 있지 않을 텐데 어딘지 모르게 그녀가 자신의 친모인 셰라와 닮은 것 같은 느낌이 들었기 때문이다.

그래서 남이라는 생각이 들지 않았다.

이브도 그녀에게만큼은 솔직하게 마음을 열 수 있었다.

리디아도 이그나이트가의 인간치고는 보기 드문 밝은 성격이라 그런지 5년 전 갑자기 나타난 자신을 마치 한배를 타고난 동생처럼 소중히 여겨주었다.

"왜 그래? 이브. 내 얼굴에 뭐 묻었어?"

평민과의 혼혈임에도 이그나이트라는 마굴 속에 던져져 언제나 냉혹한 역풍에 시달려왔던 이브가 지금 이때까지 버틸 수 있었던 건 오롯이 그녀 덕분이었다.

"아뇨, 그게…… 언니 덕분에 저는……. 오늘도 이렇게 절 데리고 다녀주신 것도…… 실은 제 기분을 풀어주시려고 했던 거죠? 그러니까 저, 저기…… 고마, 워요……."

이브는 어떻게든 감사의 마음을 전하려고 했으나 원체 솔직하지 못한 성격인 탓에 뒷말은 거의 제대로 들리지도 않았다.

하지만 언니는 그것만으로도 무슨 말을 하고 싶은 건지 눈치챈 듯 방긋 웃어주었다.

그녀는 늘 이런 식이었다.

그녀의 주위는 굳이 이브가 아니더라도 누구나 항상 안심할 수 있는 편안한 공기가 흐르는 것 같았다.

여러 가지 이유로 제국군 내부에서는 미움받는 이그나이트 일족이지만 그것도 리디아만은 거의 예외였다.

이브는 그 점이 늘 신기했다.

"……저기, 언니……."

"왜? 이브."

"그게…… 좀 이상한 질문이지만…… 언니는 왜 저 같은 애한테 이렇게까지, 잘 해주시는 건가요?"

"그야 내 귀여운 동생이니까."

리디아는 뭘 당연한 걸 묻느냐는 듯 고개를 갸웃거렸다.

아무래도 좀 더 직설적으로 말해야 뜻이 전해질 것 같았다.

"아뇨, 아시다시피 전 『서자』라…… 이그나이트 일족은 다들 저를……."

"……."

그제야 리디아의 표정이 약간 딱딱해졌다.

"하지만 언니는 그렇지 않았어요. 저와 다른 순혈의 이그나이트인데도…… 그게, 뭐랄까…… 이그나이트답지 않다고 해야 할지……."

그렇다.

리디아 이그나이트.

그녀는 명예욕과 권력에 집착하는 고전 귀족주의 사상의 이그나이트 가문 출신임에도 올바른 정신과 마음을 소중히 여기는 이단자였던 것이다.

그리고 리디아는 이브 따윈 발끝에도 미치지 못할 정도로 마술사로서도 군인으로서도 완성된 인간이었기에, 늘 완벽한 결과만을 도출해왔다.

그 엄격한 아젤조차 자유분방한 그녀의 성격을 어느 정도는 눈감아줄 정도로…….

이렇듯 그 악명 높은 이그나이트 가문 출신이라는 생각이 도저히 들지 않는 완벽한 인물이었던 것이다.

"……후훗, 이그나이트답지 않다라……. 넌 그렇게 생각했었구나?"

하지만 리디아는 어째선지 약간 슬픈 미소를 지었다.

"아! 그, 그게…… 죄송합니다! 제가 말실수를……."

그제야 이브는 자신의 발언이 너무 부주의했다는 것을 깨닫고 황급히 사과했다.

친구도 없는 외톨이라 사람을 대하는 게 서툴다 보니 가끔 이렇게 실수를 저지를 때마다 이브는 참을 수 없는 자기혐오에 시달리곤 했다.

"으응, 아니야. 너 때문이 아니라……."

하지만 리디아는 고개를 살짝 저으며 말했다.

"이브, 혹시 알고 있니? 이그나이트의 이름이 가진 진정한 의미를."

"이그나이트의 이름이 가진…… 진정한 의미요?"

갑작스러운 화제 전환에 머릿속이 혼란스러워졌다.

그리고 질문의 내용도 이해가 가지 않았다. 요 5년간 생각해본 적도 없는 주제였고 누가 가르쳐준 적도 없었기 때문이다.

"나에겐 존경하는 조부님이 계셨어."

리디아에게 조부라면 아젤의 친아버지라는 뜻이다.

"조부님이요? 전 아직 뵌 적이 없는데……."

"네가 이 집에 오기 전에 병으로 돌아가셨거든. ……뭐, 아무튼 그 조부님께선 나에게 이런 가르침을 내려주셨어."

리디아는 붉게 타오르는 하늘을 올려다보며 다시 입을 열었다.

"이그나이트는 제국 마도무문의 동량. 즉, 제국에 소속된 모든 마도사들의 규범이 되는 존재이자…… 힘을 가진 자로서의 의무를 짊어진 자. 가지지 못한 약한 백성들을 지키는 진정한 마도사이자, 정의를 숭상하는 진정한 귀족이다. 그 숭고한 마도의 등불로 어둠을 헤치고 세상 사람들이 가야 할 길을 밝게 비추며 인도하는 자…… 그것이야말로 이그나이트 《로드 스칼렛》. 그게 바로 우리 가문의 이름이 가진 자랑스러운 뜻이라고 해."

"……예? 이그나이트가요?"

그 말을 들은 순간, 이브는 아연실색할 수밖에 없었다.

아무튼 리디아가 말한 이그나이트와 이브가 아는 이그나이트는 완전히 정반대의 존재였기 때문이다.

"애도 참, 얼굴에 속마음이 전부 드러났잖니. ……뭐, 나도 심정은 이해해지만."

"앗! 죄, 죄송합니다……."

그러자 리디아는 아주 약간 씁쓸하게 웃으며 말했다.

"너도 알다시피 지금은 이미…… 모두가 잊어버린 가훈이야. 최근의 이그나이트는 그 본분을 망각한 채 그저 특권 확장과 추한 권력 다툼에만 매달릴 뿐……"

"……아버지, 인가요?"

"응. 다른 일족도 다들 거기서 거기지만, 특히 심한 건 우리 아버지야."

리디아는 다시 먼 곳을 바라보았다.

"조부님은 그런 이그나이트 안에서도 그 이름의 의미를

올바르게 실천하려고 한 이단자라…… 생전에는 아버지와 자주 다투시곤 했어. 조부님은 가문의 타락을 그 누구보다 한탄하셨지."

"……."

"조부님이 급사하시고 아버지가 본격적으로 가문을 장악한 뒤로…… 우리 가문은 완전히 변해버리고 말았어. 아버지의 수단과 방법을 가리지 않는 정치 공작으로 확실히 가문의 권세는 조부님 대와는 비교도 할 수 없을 정도로 커졌지만, 그래도 난…… 조부님의 이그나이트 쪽이 더 마음에 드는 건 어쩔 수 없네."

"언니……."

그녀는 마치 두 번 다시 돌아오지 않는 뭔가를 그리워하는 것처럼 보였다.

이브가 그런 리디아에게 뭐라고 말을 걸어야 할지 몰라 입을 다문 순간이었다.

"……이런 곳에 있었군, 이브."

어느새 주위에 다수의 기척이 느껴졌다.

자세히 보니 다섯 명의 동료 마도사가 명백한 적의를 품은 채 자신들을 둘러싸고 있었다.

낮의 모의전에서 이브에게 패배한 자들이었다.

"……내 동생에게 무슨 용건이죠?"

리디아는 이브를 감싸듯 앞으로 나서며 신중하게 주위를

살폈다.

“아니, 뭐…… 그 녀석에게 『모의 마술전투』를 신청할까 해서요.”

그러자 리더인 듯한 남자가 야비하게 웃으며 입을 열었다.

“……모의전?”

“요컨대, 댁들 이그나이트가 요즘 나대고 다니는 게 눈꼴사납다 이거죠.”

“군 내부에서도 마치 제 세상인 양 굴지 않나…… 공작가가 그렇게 잘났어?”

“……그런 횡포가 계속 허락될 거라 생각하지 말라고.”

“잠깐만요! 그건 다시 말해, 사적인 싸움 아닌가요?!”

남자들이 저마다 그렇게 주장하자 이브가 짜증을 드러내며 반발했다.

“아앙? 아니거든? 군 상부에 정식으로 허가받은 『모의전』이거든? 자, 여기 서류도 있잖아?”

리더는 의기양양한 얼굴로 서류를 내밀었다.

“뭐, 이런…… 저는 그런 서류에 사인한 기억이 없어요! 이건 완전히 조작이잖아요!”

“닥쳐! 아무튼 따라오기나 해! 네게 거부권은 없어!”

“그래, 맞아! 얌전히 따라오라고!”

시끄럽게 떠들어대는 남자들 앞에서 이브는 분한 듯 입술을 깃씹었다.

차후의 전개는 대충 예상이 갔다.

어차피 모의전을 가장한 5대 1의 일방적인 사적 제재가 벌어질 터.

일부러 이브만 지명한 것도, 서자인 그녀라면 공작가의 보복을 걱정할 필요 없을 거라는 얄팍한 보신주의에서 비롯된 생각이리라.

그리고 이 다섯 명은 신진 마도사 중에서도 상당한 실력자들이었다.

이브도 1대 1이라면 지진 않겠지만 다섯 명을 동시에 이기는 건 불가능했다.

하지만 도망칠 수는 없었다.

도망치면 도망치는 대로, 싸워서 지면 지는 대로 가문의 질책을 피할 수 없는 사면초가의 상황이었기 때문이다.

결국 체념한 이브가 그들을 따라가려 한 그때—.

"거기 서. 그 모의전은 허가할 수 없어. 이건 상관 명령이야."

리디아가 손으로 제지했다.

"전원, 내 동생 앞에서 조용히 떠나. 지금 당장."

"리, 리디아 언니……."

평소의 온화한 분위기와는 정반대인 전사의 얼굴이 된 언니를 본 이브는 이런 상황임에도 넋을 잃고 숨을 삼켰다.

"뭐, 뭐야! 리디아 백기장…… 당신이 왜 나서는 건데!"

"맞아요! 이건 위에서 정식 허가를 받은 모의전인데……."

"엿 먹어."

리디아는 마도사들의 억지 논리를 일소에 부쳤다.

"내 동생에게 손대는 놈은 용서 안 해. 만약 싸우고 싶거든 내가 대신 상대해주겠어."

그녀가 험악한 기세를 드러내자 마도사들은 숨을 삼켰다.

"예? 아, 아니 그게 무슨…… 당신과 싸우는 건 위에 허가를 받지도 않았는데……."

"맞아. 지금 당신과 싸우면 그건 사적인 싸움…… 즉, 군기 위반에 해당돼. 아무리 당신이라도 무사히 끝나진 않을 텐데…… 그래도 상관없다는 거야?!"

"난 딱히 전혀 상관없거든?"

리디아는 머리를 쓸어 올리며 말했다.

"원한다면 제약(기아스)을 걸어도 좋아. 『지금부터 일어나는 모든 건 내가 시작한 사적인 싸움이라 위에 보고하겠다』고."

그리고 어안이 벙벙한 남자들 앞에서 주문을 영창해 자신에게 기아스를 걸었다.

술식은 그녀가 말한 조건대로 적용되었다.

이로써 계약이 이행될 때까지 저주는 풀리지 않고 만약 계약을 어길 시엔 지독한 주술적 고통을 겪게 되리라.

"저, 정말로……?"

"자, 잠깐만요! 언니……!"

이브는 황급히 리디아에게 매달렸다.

"지금 무슨 짓을 한 건지 알기나 해요?! 이러면 언니의 입장이……!"

하지만 리디아는 피식 웃어 넘겼다.

"귀여운 동생이 위기에 처했는데 내 입장이나 가문의 명예 따위가 뭐가 중요하겠니."

"어, 언니……?"

"넌 내가 지켜. ……반드시. 무슨 일이 있더라도."

강한 의지가 담긴 대답에 이브는 말문이 막히고 말았다.

"난 늘 내가 옳다고 믿는 길을 걸어왔어. 난…… 이그나이트니까."

그리고 리디아는 다섯 명의 마도사와 위풍당당하게 대치했다.

"……큭! 우릴 깔보는 겁니까!"

그녀의 흔들림 없는 모습에 위축된 마도사들은 두려움을 잊기 위해 악을 쓰기 시작했다.

"아무리 당신이라도 우리 다섯을 상대로 이길 수 있을 것 같아?!"

"박살을 내주마!"

마도사들이 일제히 주문을 외우기 시작하자 리디아는 로브를 펄럭이며 마력을 끌어올렸다.

그리고…….

"이브. ……너에게 말해두고 싶은 게 있어."

온 몸에서 아름답게 흩날리는 불똥을 우아하게 털어낸 리디아는 진지한 얼굴로 말했다.

참고로 그녀의 주위에는 가벼운 화상과 충격으로 의식이 깔끔하게 날아간 마도사들이 널브러져 있었다.

조금 전까지 이브가 본 것은 아름다운 불꽃의 무희가 펼치는 우아한 연무.

압도라는 표현조차 미적지근하기 짝이 없는 일방적인 학살극이었다.

"……그, 그게 뭔데요?"

자신과 그녀 사이에 존재하는 압도적인 실력차를 직면한 이브는 반쯤 정신이 나간 상태로 대답했다.

하지만 이어서 리디아의 입에서 나온 것은 그런 이브조차 정신이 바짝 들 만한 대형 폭탄이었다.

"이그나이트 가문은…… 분명 그리 머지않은 미래에 사라질 거야."

"……?!"

머리를 세게 얻어맞은 듯한 충격에 이브는 무심코 리디아에게 달려들었다.

"그럴 수가…… 어째서죠?! 언니!"

리디아는 안타까운 눈으로 동생을 내려다보았다.

"아버지는…… 적을 지나치게 많이 만들었어. 너도 알잖니? 이런 바보 같은 일이 백주대낮에 버젓이 일어날 정도로 많은 이들의 불만과 증오를 사고 만 거야."

그리고 주위에 널브러진 마도사들을 다시 한 번 흘겨보았다.

"그 화려한 활약 덕분에 이그나이트를 영웅시하는 사람도 많아. 하지만 그 뒤에선 수단과 방법을 가리지 않고 목적을 달성하는 우리에게 원한을 품게 된 이들도 결코 적지 않지. 물론 우리 편도 잔뜩 있지만…… 그건 어디까지나 이그나이트라는 이름에 한해서일뿐. 적당히 치켜세워주고 지지하면 자신들에게도 이득이 되니까 그러는 것뿐이야. 단지 그뿐……."

"……."

"이브, 아버지를 조심해. 아버지는 위험한 사람이야. 그 끝을 알 수 없는 야심을 위해 너무나도 많은 이들을 적으로 돌리고 희생시켜왔어. ……아리에스조차도."

"……아리에스?"

어디선가 들어본 적이 있는 이름이었다.

그것은 분명 이브가 이그나이트가에 오기 전에 유행병으로 사망했다는 둘째 언니의 이름이었을 터.

"그분이…… 어쨌는데요?"

하지만 리디아는 이브의 의문에 답해주지 않았다.

"분명 아버지는…… 우리 이그나이트는, 아버지가 경시하고 희생시킨 것들로 인해 사라질 거야. ……그런 예감이 들어."

그 무거운 목소리와 눈동자에는 확신에 가까운 감정이 담겨 있었다.

"하지만 내가 그렇게 두진 않을 거야, 이브."

이브가 아무 말도 못 하고 있자, 리디아는 결의를 담은 목소리로 말했다.

"언니……?"

"이브, 난 이그나이트를 믿어. 이그나이트의 이름이 가진 진정한 의미를 믿고 있어. 지금은 모두가 잊어버린 이그나이트의 정의와 이상을 언젠가 꼭 부활시킬 거야."

그리고 눈을 깜빡이는 이브를 똑바로 바라보았다.

"이브…… 나에게 힘을 빌려주지 않을래?"

"제가 언니에게 힘을……?"

전혀 예상치 못한 제안에 이브는 다시 눈을 깜빡였다.

"무, 무리예요. 저 같은 게 언니의 힘이 될 수 있을 리가……."

그리고 자기 비하를 시작하자 리디아는 한층 부드러운 목소리로 물었다.

"넌…… 지난 임무에서 공적을 얻을 기회를 한 번 포기했었지? 어째서?"

"그건…… 그땐 피난이 늦은 모자가 있었는데…… 도저히 내버려둘 수가 없어서……."

혹은 그들의 모습에서 과거의 자신과 어머니를 투영했기 때문일지도 몰랐다.

"하지만 그것 때문에 다 잡은 공적을 놓쳐서 이그나이트의 책무를 다하지 못했는데……."

바로 아버지에게 질책당한 기억이 떠올라 표정이 어두워졌지만, 리디아는 그런 이브의 머리를 부드럽게 쓰다듬어주었다.

"그걸로 된 거야, 이브."

"……!"

"넌 자기 목숨이 걸린 전장에서도 인간의 선한 마음을 잊지 않은 다정한 아이…… 넌 이그나이트의 희망이야."

"어, 언니……."

"그런 너와 함께라면…… 난 언젠가 이그나이트를 바꿀 수 있을 거라고 믿어. 그러니 나에게 힘을 빌려주지 않겠니? 이브. 그…… 동생이 위험하다고 생각 없이 이런 짓을 저지르는 미덥지 못한 언니이긴 하지만……."

리디아는 수줍게 웃었다.

이브는 자신이 리디아의 말처럼 대단한 존재인지는 아직 알 수 없었다.

하지만 다른 그 누구도 아닌 그녀가 그렇게 말한다면 답은 이미 정해져 있었다.

이브에게는 리디아야말로 목표로 삼은 이상적인 마도사였기에…….

"알았어요! 저도 언니 같은 훌륭한 마도사가 될 게요. 그리고 언젠가 반드시 언니의 힘이 되어드릴 게요! 아니, 힘이 되게 해주세요!"

"……고마워, 이브. 조부님도 분명 기뻐하실 거야."

리디아는 다시 이브의 머리를 쓰다듬어주었다.

"자, 그럼 이젠 아버지께 뭐라 변명해야 할지 고민해봐야겠는걸."

"아, 아하하…… 언니도 참……."

두 사람은 그렇게 다정하게 귀갓길에 접어들었다.

——.

"이브. 이번 임무는 너에게 맡길까 한다."

아젤이 그렇게 말한 순간, 이브는 자신의 귀를 의심했다.

일에 쫓겨서 바쁜 일상을 보내던 어느 날.

아젤의 소집을 받은 이브는 제국 궁정 마도사단 사령실로 이동했다.

과연 무슨 소릴 들을지 전전긍긍하며 도착한 후에 들은 건 그야말로 마른하늘의 날벼락 같은 명령이었다.

"예? 제가…… 말인가요? 아버지."

"두 번 말하게 하지 마라."

아젤은 코웃음을 치고 다시 입을 열었다.

"제국군을 배신하고 어느 반정부 조직과의 합류를 노리는 군의 마도사 출신 탈영병 일곱 명의 포획 또는 토벌 임무를…… 네놈에게 맡기겠다는 거다."

"……."

"네 판단으로 부대를 편성한 후 임무를 성공시키도록. ……가능하겠나?"

지금까지는 누군가의 지휘를 받으며 임무에 나섰지만 이번에는 자신이 지휘관이 돼서 부대를 이끌고 임무를 완수하라는 뜻이었다.

더구나 이런 임무는 직속상관을 통해 받는 게 일반적인데, 이번에는 놀랍게도 제국군 최고 사령관의 직통 명령이었다.

이브에게는 처음 겪는 일이었다.

'……혹시 아버지가 날 조금은 인정한 걸까?'

"아, 예! 반드시 임무를 완수하겠습니다!"

그렇게 느낀 이브는 두말할 것 없이 경례를 올리며 즉답했다.

"음…… **기대하고 있겠다.**"

"……읏! 예!"

기대. 그 단어를 아버지의 입에서 처음 들은 순간, 이브는 놀라움을 감추지 못했다.

이제 이대로 결과를 내기만 하면 조금은 어머니를 인정해 줄지도 모른다.

힘내자.

이브가 그렇게 온 몸으로 사명감을 불태운 그때였다.
"……잠깐만요. 아버지."
거기에 찬물을 끼얹는 자가 있었다. 리디아였다.
참고로 그녀는 이브가 들어오기 전부터 사령실 한켠에서 대기 중이었다.
"이브에게 이번 임무는 아직 이르지 않을까요."
"……언니?"
리디아는 당혹스러워 하는 이브를 감싸듯 나서서 진언했다.
"이번에 제국군을 탈영한 마도사들의 랭크는 전원 B급에서 C급. 이른바 실전 경험이 풍부한 일선급 마도사들이에요."
"그게 어쨌다는 거지?"
"이브는 실력상으로는 A급이지만, 아직 신인이에요. 실전 경험이 부족한 건 부정할 수 없습니다. 그러니 여기선 좀 더 연륜 있는 마도사들에게 맡겨야 하지 않을까요."
"……."
"아니면 일반 마도사가 아니라 저희 특무분실이 움직여야 할 안건입니다. 실장인 제가 직접 배신자들을 토벌……."
"그럴 수는 없다."
아젤은 리디아의 의견을 거부했다.
"넌 현재 진행 중인 안건이 있을 텐데? 그쪽을 우선하도록."
"하, 하오나……! 아직 햇병아리인 이브에게 동료 사냥 같은 무거운 임무는……."

“이그나이트라면 그 정도쯤은 당연히 해내야지. 애당초 배신자를 제거하는 데 왜 양심의 가책을 받을 필요가 있지? 이해할 수가 없군.”

“하, 하오나…….”

그래도 리디아가 포기하지 않자 아젤은 약간 차가운 목소리로 말했다.

“내 딸 리디아여. 넌 확실히 우수하다. 그 젊은 나이에 S급까지 올라 수많은 난제를 완벽하게, 그것도 내 기대 이상으로 해결해왔지. 그 흠잡을 곳 없는 우수함을 봐서 지금까진 네 자유분방한 성격도 너그러이 봐주고 있었던 거다. ……그래서 저번에 저지른 사고도 고작 시말서 처분으로 끝났다는 건 알고 있겠지?”

“……?!”

“하지만 상관의, 이그나이트가 당주의 명령과 결정에 계속 그런 식으로 이의를 제기한다면…… 내 기대를 배신한다면 아무리 네놈이라도 봐줄 수는 없다만?”

“……윽. 그, 그건…….”

아젤이 보기 드물게 자신에게도 분노를 드러내자 리디아는 말문이 막힐 수밖에 없었다.

“……!”

언니의 입장이 위태로워질지도 모르는 상황에 이브는 가만히 있을 수 없었다.

서자인 자신은 아버지에게 얼마든지 미움 받아도 상관없지만 언니는 아니었다.

그녀는 언젠가 이그나이트를 개혁할 사람이다. 이그나이트의 희망이다.

그런 사람이 겨우 자신 때문에 불이익을 받는 건 도저히 참을 수가 없었던 것이다.

"괘, 괜찮아요, 언니! 절 믿고 맡겨주세요!"

그래서 반사적으로 선언했다.

"군의 배신자들은 제가 반드시 전부 처단하겠어요!"

"……이브, 정말 괜찮겠니? 무리하는 건 아니고?"

솔직히 말하면 무리하고 있었다.

사실 이런 어두운 임무 따윈 받고 싶지 않았다.

"……괜찮아요. 반드시 좋은 소식을 가져올게요."

하지만 그 모든 부정적인 감정을 억누른 이브는 아버지의 기대에 부응하기 위해 지휘관으로서의 첫 임무에 나서기로 했다.

이렇게 해서 이브는 부대장으로서 마도사 소대를 편성한 후 첫 출격에 나섰다.

베테랑 마도사도 혀를 내두를 탁월한 솜씨로 탈주 마도사들의 행방을 추적해 은신처를 발견했다. 거기다 빈틈없이 치밀하게 정보를 수집해 한 치의 틈도 없는 토벌 작전을 계획했다.

그리고…….

배신자들이 잠복한 변경의 국경 근처에 있는 요새.

그리고 그곳과 그리 멀지 않은 곳에 설치한 마지막 야영지.

"……이상의 전력 분석을 따라 먼저 감마 팀이 적 진영 안에 펼쳐진 방어 결계와 매직 트랩을 해제하겠습니다. 해제하는 즉시 알파 팀은 뒤쪽에서 양동으로 화력 제압을. 거기서 15초 후에는 베타 팀이 정면에서 돌입하겠습니다. 이미 판명된 적의 배치와 전력으로 봐선 전술 지도의 이 지점에서 근거리 마술전투가 벌어질 것으로 예상되니 제압 공세를 가장한 능동 방어를 전개해주시길. 여기까지가 양동입니다. 이곳에 충분한 전력을 고정한 후에는 본대…… 제가 이끄는 델타 팀이 지하의 비밀 통로를 통해 적의 뒤를 찔러서 완전히 제압할 겁니다. 그럼 전원 시계 마술로 의식 내 시계를 맞춰주시길."

작전 회의실이 된 천막 안에서 이브는 눈앞에 서 있는 마도사들과 함께 출격 전 최종 브리핑을 진행하고 있었다.

그들은 군의 젊은 마도사들을 중심으로 선발하고 지원자를 더해 편성한 팀으로 하나 같이 실전 경험이 풍부한 실력자들이었다.

"……굉장해. 이런 작전은 난생 처음이야."

"이건…… 우린 상처 하나 없이 끝나겠군. 놈들이 불쌍할 정도야."

"이게 바로 이그나이트……."

하지만 그런 역전의 전사들조차 자신들의 지휘관이 연하의 신입이라는 사실을 잊은 채 감탄하고 있었다.

"작전 내용은 이상입니다. 혹시 질문이 있습니까? 있으면 거수를."

그 순간, 주위가 바로 조용해졌다.

작전 자체에 흠잡을 곳이 없었기 때문이다.

"……발언을 허가합니다. 샤크스 정기사."

"우리는 지금부터 동료 사냥이라는 기분 더러운 임무에 나서야 하는 참인데…… 그걸 시작하기 전에 아기 고양이(키티) 씨에게 한 가지 확인하고 싶은 게 있소."

"뭐죠?"

"생사불문인가?"

그러다 보니 나오는 건 이런 식의, 지휘관으로서의 각오를 묻는 고약한 질문이었다.

이브는 잠시 간격을 두고 단언했다.

"생사불문입니다."

그리고 바로 이 순간, 동료를 죽인 죄는 전부 이브가 짊어지게 되었다.

이브의 살의가 옛 동료들을 죽이는 것이다.

"그들은 군의 기밀에 관한 정보를 가졌습니다. 따라서 그 반정부 조직과의 접촉은 반드시 막아야만 합니다. 여기서 전원 처리하십시오. 이건 명령입니다."

"그래, 알았소. 명령대로 하지, 대장. 서로 잘해보자고."

이렇게 브리핑이 끝나자 대원들은 모두 자리에서 일어나 30분 후의 출격을 대비해 분주히 움직이기 시작했다.

그리고 무거운 한숨을 내쉬는 이브의 앞에 한 남자가 다가왔다.

"여, 이브. 역시 대단하군."

다름 아닌 리저프 정기사였다.

"훌륭한 작전에, 훌륭한 전술안이더군. 까놓고 말해 완벽해. 과연 마도무문의 동량 이그나이트답다고 할까."

"……."

"거기다 인심 장악술도 훌륭하더군. 처음에는 널 연하의 키티라고 얕보던 대원들도 지금은 손바닥을 뒤집듯 태도를 바꾸었잖아? 남의 위에 서기 위해 태어난 엘리트라는 건 그야말로 널 위한 말이겠지."

"리저프 정기사."

전에 시비를 걸었을 때와 달리 시종일관 이쪽을 치켜세우는 리저프에게 왠지 모를 불편함을 느낀 이브는 일부러 화제를 바꾸었다.

"그건 그렇고…… 당신이 이번 임무에 지원한 걸 보고 놀랐습니다. 그렇지 않아도 음울한 임무인데…… 당신은 절 싫어하는 줄 알았으니까요."

"……흥, 그래서 뭐 불만이라도?"

"아뇨. 실력은 문제없습니다. 오히려 당신이 와줘서 정말 다행입니다. 아무쪼록 잘 부탁드리죠."

"그래, 나야말로 잘 부탁하지. 대장. ……이딴 임무는 후딱 끝내버리자고."

그 말을 끝으로 이브와 리저프도 출격 준비를 시작했다.

그리고 준비를 마친 이브 소대는 적 요새를 향해 일제히 출격, 작전대로 움직였다.

제국군의 동료였던 자들을 토벌하는 임무가 마침내 막을 올린 것이다.

——.

이브가 세운 작전은 완벽했을 터였다.

물론 늘 예상하지 못한 일이 일어나는 게 전장이므로, 그것조차 대비해 이중 삼중으로 대응책을 짠 빈틈없는 작전이었다.

상황이 작전대로 흘러간다면 아군의 피해는 최소한으로 억누를 수 있을 뿐만 아니라 적의 전원 생포도 충분히 가능하리라.

설령 예상하지 못한 일이 일어난다 해도 유연하게 대응하면 전혀 문제없을 거라는 자신도 있었다.

……그랬을 터였다.

그래서 이브는 자신들이 철저히 농락당하고 있는 지금 이 상황을 도저히 믿을 수가 없었다.

“뭐야…… 이게 대체 뭐냐구. 대체 무슨 일이 일어난 거지?”

요새 안, 적진 안에서 이브는 홀로 넋을 잃고 있었다.

예상치 못한 적의 함정과 습격으로 인해 아군과 떨어졌기 때문이다.

한시라도 빨리 다음 지시를 내려야 하는데도 머릿속이 새하얗게 물들어서 아무것도 할 수 없었다. 아무 생각도 나지 않았다.

『끄아아아아아아아아아악!』

『빌어먹을! 아인이! 아인이 당했어!』

『왜 이런 곳에 이런 함정이…… 난 이런 건 전혀 못 들었다고!』

『브리핑에서 들었던 적의 배치와 완전히 다르잖아!』

통신 마술에서 잇따라 들리는 건 부하들의 당황한 목소리와 단말마뿐.

그것이 마술의 파괴적인 작렬음과 불협화음을 이루며 이브의 영혼을 난도질했다.

『적의 일제 사격이다! 엎드려어어어어어어!』

『으아아아아악!』

『아아, 팔이, 내 팔이이이이이이이이!』
『제기랄! 포위당했어?! 빌어처먹을!』
『싫어, 죽고 싶지 않……아아아아아아악!』
『적이 이쪽의 움직임을 완벽히 읽고 있어! 이게 대체 어떻게 된 노릇이지?!』
『이브 십기장! 지시를! 지시를!』
『죄송……합니다…… 감마 팀은…… 전……멸…… 끄윽…….』
『리즈! 정신 차려, 리즈으! 으아아, 제기라아아아아알!』
『대장! 지시를 내려! 이대로면 전멸……!』
그런 절박한 통신에. 통신 너머에서 시시각각 죽어나가는 각 팀 부하들의 절규에—.
"아……아아……아아아, 아아아아?!"
이브는 소스라치게 몸을 떨 수밖에 없었다.
평소의 냉정한 모습은 이미 완전히 사라졌다. 이렇게 된 이상 아무리 우수한 엘리트라고 해도 고작 열네 살 소녀에 불과한 이브가 부대를 정상적으로 지휘하는 건 불가능에 가까웠다.
"어째서……? 어째서 이런 일이…… 대체 왜!"
남은 부하를 조금이라도 구하기 위해 이브는 최전선을 향해 돌격을 감행했다.

………….

쿵!

누군가가 등을 떠밀자, 마술을 【스펠 씰】로 봉인당하고 손발을 묶인 이브는 꼴사납게 바닥을 구를 수밖에 없었다.

애당초 조금 전까지의 격전으로 넝마나 다름없는 상태였다.

간신히 치명상은 면했지만 몸 여기저기에는 출혈이 심했고 손가락 하나 까딱할 수 없었다.

이브의 분전에도 불구하고 토벌 부대는 괴멸했다.

이제 남은 생존자는 그녀 한 명뿐.

“하하, 낙승이었군!”

생포한 이브를 여기까지 끌고 온 마도사가 즐거운 목소리로 말했다.

이곳은 적 마도사들이 본거지로 삼은 요새의 지하실.

그곳에 모인 일곱 명의 마도사는 꼴사납게 바닥을 기는 이브를 에워싸고 있었다.

“이런 무능한 녀석의 지휘 때문에 무참하게 살해당한 옛 동료들이 참 불쌍해!”

“맞아. 이그나이트라고 자만하니까 이런 꼴을 당하는 거라구.”

“하하하하하하! 꼴좋다!”

마도사들은 저마다 이브를 매도했다.

“……어째……서? 왜…….”

이브는 움직이지 않는 몸을 필사적으로 움직여서 주위를 올려다보았다.

"내 작전은…… 완벽했어. 그런데 왜 내가 진 거지……?"

아직도 이 굴욕적인 현실이 믿기지 않았다.

하지만 그 답은 곧 그녀의 앞에 실체를 지니고 나타났다.

"그야 네가 아무리 완벽한 작전을 구상해도 적이 전부 알고 있으면 아무런 위협이 되지 않으니까지. 해답을 보면서 체스 묘수풀이를 하는 거나 다름없으니까 말야."

바닥에 쪼그려 앉아서 이브의 얼굴을 내려다보는 그자의 정체는…… 리저프였다.

놀랍게도 그는 적 마도사들과 함께 서 있었다.

"리저프……?! 설마 당신이 정보를 유출했던 거야?!"

"이제야 알았어? 정말 얼빠진 녀석이구만."

이브가 물어죽일 듯 노려보자 리저프는 아주 기쁜 얼굴로 웃었다.

"보다시피, 이 모든 건 너……라기 보다 이그나이트를 함정에 빠트리기 위한 작전이었거든."

리저프는 적 마도사들과 나란히 서서 진상을 밝혔다.

"우리를…… 함정에 빠트려? 대체 왜……."

"……대체 왜?"

이브가 그렇게 의문을 드러낸 순간, 마도사들에게서 분출된 증오와 분노가 그녀의 몸을 가차 없이 두들겼다.

전장에서 느꼈던 살기와는 방향성이 다른 감정.

너무나도 강렬한 그 부(負)의 감정에 일방적으로 노출된 이브는 그저 몸을 떨 수밖에 없었다.

그리고 마도사들은 그런 이브를 다시 한 번 매도했다.

“그걸 몰라서 묻는 거야? 지금 시치미 떼는 거지? 아니, 혹시 정말로 모르는 건가?”

“너희 이그나이트 때문에 우리가 어떤 꼴을 당했는지 알기나 해?!”

“네 빌어먹을 애비 때문에 우리 아버진 자살하셨어! 우리 아버지가 대체 무슨 잘못을 했다고……!”

“이쪽은 아르기무스 전장에서 동생이 개죽음을 당했어! 네 아버지가 짠 작전 때문에! 내 동생은 네 아버지가 공적을 독점하려고 죽인 거나 다름없다고!”

“난 우리 오빠가 같은 꼴을 당했어! 오빤 훌륭한 군인이었는데도……!”

“우리 가문은 너희 이그나이트가 날조한 국가 반역죄의 혐의를 뒤집어쓰는 바람에 영지를 몰수당해서 풍비박산이 나 버렸지! 망할! 우리 가문이 여왕 폐하께 역심을 품을 리가 없잖아! 우리가 몇 대에 걸쳐서 왕실을 섬겼는지 알기나 해?!”

“난 어릴 때 장래를 약속한 연인을 정략결혼인지 뭔지 하는 이유로 너희 가문의 일족에게 빼앗겼어! 그 혐오스러운 중년 돼지 자식한테! 결국 그녀는 세상을 비관해 목을 매달

앉지! 너희 이그나이트 때문에……!"

"우리는 너희 이그나이트를 절대로 용서 못 해! 용서할 수 있을까 보냐……!"

그 무시무시한 기세에 완전히 위축된 이브는 몸을 떨면서도 애써 반박했다.

"으…… 다, 당신들이 우리 가문에 원한이 있다는 건 알겠어요. ……하지만! 그렇다면 대체 왜 아무런 죄도 없는 내 부하들까지 죽인 거죠?!"

"……그래, 그건 네 말이 맞아. 우린 이미 네 빌어먹을 애비와 같은 쓰레기가 된 셈이지."

"하지만! 그래도 어떻게 해서든 이 원한을 풀고 싶었다고!"

"맞아! 이젠 어떻게 되든 상관없어! 네놈들에게 한 방 먹여줄 수만 있다면!"

"……?!"

이미 전원 자포자기한 상태였다.

하지만 반대로 생각해보면 그만큼 이그나이트에 대한 원한과 분노가 깊었다는 뜻이기도 했다. 해소하지 않으면 단 한 걸음도 앞으로 나아갈 수 없을 정도로…….

그러고 보면 자신을 내려다보는 마도사들의 눈도 이미 정상이 아니었다.

모두가 이성을 잃고 있었다. 너무나도 깊은 절망 때문에 이미 『망가져버린』 상태였던 것이다.

"뭐, 그런 셈이지. 이제 알겠냐? 이브."

리저프는 바닥에 무릎을 대고 그녀의 턱을 들어 올려 얼굴을 들여다보았다.

"여기 있는 놈들은 설령 자기 인생이 파멸하더라도 너희 이그나이트에게 한 방 먹이고 싶다는…… 그런『끝장난』놈들뿐이야. 뭐, 이렇게 말하는 나도 고향인 구스타를…… 아니, 이제 와서 무슨 소용이겠어. ……이미 10년이나 지난 일인걸."

—이그나이트 가문은…… 분명 그리 머지않은 미래에 사라질 거야.

—아버지는…… 적을 지나치게 많이 만들었어.

떨리는 이브의 머릿속에 불현듯 리디아가 했던 말이 되살아났다.

당시엔 이해한 줄 알았지만 전혀 아니었다.

그 말의 무게를. 언니가 진정으로 우려했던 것의 정체를…….

이브는 지금 이 순간에 와서야 비로소 분명히 이해할 수 있었다.

"……으……아……아아?! ……으!"

인간의 순수한 증오와 분노 앞에 노출된 이브는 눈물을 글썽이며 겁을 먹었다.

"그건 그렇고 역시 리저프야. 전부 네가 예상했던 대로였어."

"그렇지? 너희가 동시에 탈영하면 그 교활하고 용의주도한 이그나이트 경은 부정을 저지른 증거인 너희를 어떻게든 처분하려 들겠지만, 만에 하나라도 진상이 드러나는 것을 경계해서 가족에게 맡길 거라고. 사실은 리디아 이그나이트가 걸렸으면 최고였겠지만…… 뭐, 이런 잡종이라도 낚였으니 성공은 성공이겠지."

"이제 어쩌지?"

"흐음, 뭐……."

대체 어떤 과거를 경험해야 이런 눈이 되는 걸까.

리저프는 바닥이 보이지 않는 공허한 눈으로 이브를 내려다보았다.

"일단 처음 예정대로 고문하자. 숨만 붙여놓은 상태로…… 태어난 것을 후회할 정도의 지옥을 이 녀석에게 보여주자고."

"……?!"

아무렇지 않게 나온 잔혹한 발언에 이브의 몸이 경직되었다.

그러고 보니 이 지하실에는 구속용 침대와 의자, 채찍, 철제 바구니, 거꾸로 묶는 쇠사슬, 거대한 바퀴, 집게, 펜치, 가위, 난로에 새빨갛게 달궈진 인두와 같은 말로 표현하기도 끔찍한 고문 도구가 즐비했다.

저것들을 자신에게 쓸 거라는 생각만 해도 오금이 저려왔다.

"그래, 맞아. ……이 녀석의 마음이 꺾일 때까지 철저하게 고통을 줘서 돼지처럼 꽥꽥 울게 만드는 거야. 인간의 존엄

성을 송두리 채 빼앗는 거지. 그리고 이 녀석의 입을 통해 이그나이트가 지금까지 얼마나 악랄한 짓을 거듭해왔는지 밝히게 하고 꼴사납게 계속 사과시키는 거야. 그 과정은 전부 영상 기록 마술로 저장해서 이그나이트 경에게 보내주자. ……이걸 제국 전토에 공개하겠다는 협박문을 붙여서."

"하하하! 그거 좋군! 그럼 이그나이트 경의 체면이 말이 아니겠어!"

"자존심 강한 그 남자가 새빨간 얼굴로 분통을 터트리는 모습이 눈에 선해!"

"아하하! 난 힐러 스펠이 특기야! 혹시 재가 죽을 것 같으면 나한테 말해줘!"

"그래! 너만 믿을게! 그럼 봐주면서 할 필요 없겠군!"

"이봐, 너무 흥이 올라서 죽이진 마라? 공개 고문은 계획의 1단계…… 이그나이트 경을 실각시키고 우리 손으로 죽일 때까지 그 녀석을 철저하게 이용해야 하니까 말야."

"아, 그랬었지. 심한 고문으로 정신이 붕괴된 이 녀석을 몰래 구출해서 이그나이트 경에게 접근하는 건…… 리저프, 당신 역할이었지?"

"그건 나도 안다고, 리저프. 하지만…… 아~ 왠지 조절을 못 할 것 같은데."

오랫동안 쌓인 원한과 뒤틀린 분노를 마침내 풀 수 있다는 해방감과 환희에 사로잡힌 일곱 명의 마도사는 바닥에 누운 이브를 향해 다가갔다.

천천히, 아주 천천히.

그것은 마치 지옥에서 되돌아온 망자가 다가오는 것 같은 섬뜩한 광경이었다.

"아, 아앗……?! 싫어…… 싫어!"

이브는 공황상태에 빠졌다. 머릿속이 혼란스러워서 제대로 된 사고가 불가능했다.

끈으로 구속된 몸을 애벌레처럼 꼴사납게 꿈틀거리는 게 한계였다.

"……사, 살려줘. ……누가, 좀 구해줘요! 제발……!"

이미 엘리트 군인으로서의 허세와 긍지는 완전히 벗겨진 상태였다.

지금의 그녀는 그저 작고 어린 평범한 소녀일 뿐.

그렇게 이브의 마음이 미칠 것 같은 절망감과 혼란에 집어삼켜지려 한 바로 그 순간—.

"이브!"

쾅!

갑자기 지하실 천장에서 큰 폭발이 일어났고, 격렬한 불꽃을 두른 누군가가 그 구멍을 통해 내려왔다.

"내 동생에게……!"

공간에 맺히는 압도적인 열량. 눈부신 붉은빛으로 물든 지하실.

그리고 홍련의 불꽃이 사납게 포효하며 마도사들을 위에서 덮쳤다.

그 모습은 마치 몸부림치는 거대한 불꽃의 뱀.

"……손대지 마!"

수많은 가지를 뻗은 불꽃의 뱀이 인정사정없이 주위를 두들기며 초열지옥 같은 열량과 파괴력을 유감없이 발휘했다.

마치 지근거리에서 화산이 터진 것 같은 어마어마한 화력이 돌로 된 바닥과 벽을 새빨갛게 녹이며 이브만 피해서 마도사들을 집어삼키려 했다.

그들이 황급히 뒤로 물러나서 마력 장벽을 전개해 폭염을 막는 사이에 한 여성이 마치 쓰러진 이브를 지키려는 것처럼 등을 돌리고 착지했다.

그 여성의 정체는—.

"어, 언니……?!"

"늦게 와서 미안해, 이브. ……무서웠지? 이젠 괜찮아."

리디아 이그나이트였다.

"어, 언니가 어떻게 여길……!"

"왠지 불길한 예감이 들어서 이번에 탈영한 마도사들의 경력을 전부 조사해봤어. 그랬더니 기록이 교묘하게 지워지긴 했지만…… 어째선지 전부 이그나이트에 깊은 원한을 품어도 이상하지 않은 인물들뿐이더라구. 그 중에서도 특히……."

리디아는 리저프를 슬쩍 흘겨보았다.

"당신에겐 놀랐어, 리저프 정기사. 설마 당신이 이그나이트 최대의 오점…… 【구스타의 비극】의 유일한 생존자였을 줄은……."

"흥, 그 사건을 알고 있는 건가? 뭐, 옛날 일이지."

그러자 리저프는 코웃음을 치며 깔보듯 말했다.

"하지만 그 사건과는 직접적인 관계가 없는 너와 이야기해 봤자 어쩌겠어. 다시 들춰본들 내 가족과 마을사람들이 다시 살아 돌아오는 것도 아닌데 말이지."

그리고 이젠 아무래도 상관없다는 듯 어깨를 으쓱였다.

"……그래. 아무튼 이번 임무는 우연치고는 정황이 너무 교묘했어. 그래서 혹시나 싶어서 내 독단으로 움직인 건데…… 아무래도 정답이었나 보네."

"아니, 그건 네 실수야. 여기 온 시점에서 넌 이미 불덩이에 뛰어든 날벌레나 다름없거든?"

조용히 전투태세를 취하는 리디아를 리저프는 냉랭한 눈으로 노려보았다.

"원래 이 계획은 처음부터 네가 표적이었어, 리디아. 아무튼 넌 차기 당주…… 너보다 이그나이트 경에게 타격을 줄 수 있는 인물은 이 세상에 없으니 말야."

"꿈 깨시지! 내가 당신들에게 질 것 같아?! 《로드 스칼렛》

을 얕보지 마!"

리디아는 왼팔을 휘둘렀다.

그러자 주문을 영창한 적이 없는데도 압도적인 열량의 업화가 마치 리디아의 시중을 드는 것처럼 움직이기 시작했다.

리디아와 이브를 지키려는 것처럼 전개되는 수많은 홍염의 불기둥.

세찬 열파와 열기가 폭풍처럼 휘몰아치며 지하실 내부를 붉디붉게 물들였다.

"으……윽?!"

"이것이 이그나이트의……!"

붉은 사신의 화신을 앞에 두고 두려움에 떠는 마도사들은 그 무시무시한 열량 앞에서 단 한 걸음도 움직일 수 없었다.

시크릿 【제7원】.

열과 불꽃 마술의 대가 이그나이트의 비전 오의.

이곳은 이미 리디아의 영역이었다.

"내가 아무 생각도 없이 온 줄 알아?! 시크릿은 이미 전개됐어! 이젠 당신들이 몇 백 명이 몰려온다 해도 내 상대가 못 돼!"

"크윽……?!"

"동생을 이런 꼴로 만든 당신들이지만, 얌전히 항복하겠다면 목숨은 보장해줄게! 자, 얌전히 항복해!"

이브를 상처 입힌 것에 분노한 리디아의 존재감이 마도사들을 송두리째 집어삼켰다.

평범한 마도사는 죽었다 깨어나도 이길 수 없는 궁극의 마도사.

그것이 바로《로드 스칼렛》인 것이다.

"너야말로 뭘 모르는군,《로드 스칼렛》. ……표적은 처음부터 너였다고 했잖아?"

하지만 리저프는 여유 있는 태도로 어깨를 으쓱이며 손가락을 튕겼다.

그러자 바로 다음 순간—.

"어?!"

리디아가 전개한 모든 불꽃이 마치 촛불처럼 훅 꺼졌다.

"왜, 왜 내 마술이……!"

이건 있을 수 없는 사태였다. 시크릿【제7원】은 한 번 영역을 전개하면 그 후에 발동한 모든 마술적인 간섭을 차단하는 무적의 마술일 터.

이 예상 밖의 사태에는 제아무리 리디아라도 동요를 감추지 못했다.

하지만 그 틈을 역전의 마도사들은 놓치지 않았다.

"지금이다!《뇌제의 섬창이여》!"

"《뇌제의 섬창이여》!"

일제히 주문을 날렸다.

전후좌우, 사방을 에워싼 마술사들이 날린 일곱 발의【라이트닝 피어스】.

물론 리디아도 반사적으로 주문을 영창해 상쇄하려 했으나—.

“《홍련의 염진》……아흐으으으으으으으윽?!”

어째선지 주문은 발동하지 않았고, 다음 순간 전격의 창이 리디아의 온 몸을 꿰뚫었다.

미리 중첩해둔 내성 주문과 마도사 예복의 방어 기능 덕분에 즉사는 면했지만 왼팔에 두 발, 오른팔에 한 발, 오른다리에 두 발, 왼다리에 한 발, 왼쪽 어깨에 한 발이 박힌 데다 온 몸에 전류가 흐르는 통에 그 자리에서 힘을 잃고 무릎을 꿇었다.

“어, 언니……?!”

그런 언니의 모습을 본 이브는 비명을 질렀다.

“네가 표적인데 네 마술에 대책을 세우지 않았을 리 없잖아?”

그리고 리저프는 리디아를 내려다보며 담담하게 말했다.

“이곳에는 염열계 술식을 방해하는 간섭 술식(인터셉터) 결계를 미리 전개해뒀어. 네 시크릿은 위협적이지만, 이것보다 나중에 발동했다면 문제될 게 없거든. 전부 막힐 테니까. 즉, 이곳에서 염열계 마술의 발동 허가는 전부 내가 장악한 셈이지.”

“……!”

리디아는 약간 창백해진 얼굴로 고개를 떨구었다.

그 반응을 본 이브는 깨달았다.

'아아, 언니의 이 실수는…… 전부 나 때문이었어!'

평소의 총명한 언니였다면 고작 이런 수준의 함정에 걸릴 리 없었다.

반드시 간파해서 뭔가 대책을 세웠을 터.

하지만 지금의 리디아는 냉정함을 잃고 있었다. 그 이유는―.

'……내가 적에게 사로잡혔으니까. 한시라도 빨리 날 구하려고 하느라 주위를 보지 못했던 거야. 나, 나 때문에 언니가……!'

강한 자책감을 느낀 이브는 눈을 질끈 감더니 이윽고 뭔가를 결심하고 입을 열었다.

"언니…… 달아나세요."

"……!"

"지금이라면 아직 늦지 않았어요. ……그런 부상이라도 언니 혼자 도주에 전념하면 이곳을 벗어날 수 있을 거라구요!"

"……."

"그러니…… 저를 두고…… 어서요! 언니!"

하지만 리디아는 이브를 향해 살포시 미소 지었다.

"걱정하지 마렴, 이브."

그리고 비틀거리며 일어서더니 이브 앞을 막고 서서 다시 싸울 자세를 잡았다.

"그런, 어째서……?! 언니! 지금 그 상태로는……!"

절망감 때문에 눈앞이 캄캄해진 이브가 그렇게 외쳤지만 언니의 등에서는 조금도 망설임이 느껴지지 않았다.

"설마 그 상태로 다시 일어설 줄이야. 과연 이그나이트군."

리저프는 짜증스럽게 리디아를 노려보았다.

"하지만 그런 상태의 너에게 질 만큼 우리도 바보는 아니야. 심지어 장기인 염열계 마술을 봉인당한 데다 8대 1…… 네 승산은 눈곱만큼도 없어."

"……나도 알아. 그래도…… 난 물러설 수 없어."

리디아도 지지 않고 리저프를 노려보았다.

"난…… 내가 옳다고 믿는 것을 위해 싸울 거야. 난 이그나이트니까……."

"……칫! 그게 네놈들이 할 소리냐!"

리디아가 의연한 태도를 굽히지 않자 리저프는 짜증스럽게 혀를 찼다.

"좋아. 다들 가자. 오랜 원한을 풀 때가 왔어! 이그나이트의 쓰레기들을 마음껏 유린해주자고……!"

"오오!"

그렇게 해서 리저프와 마도사들이 주문을 영창하고, 리디아도 고통을 호소하는 몸을 채찍질해가며 마술을 발동했다.

"언니……."

하지만 아무것도 할 수 없는 이브는 그 광경을 눈에 새기고 있을 수밖에 없었다.

결과부터 말하자면 리디아는 일방적으로 처참하게 유린당

할 뿐 전혀 상대가 되질 않았다.

“《빙랑의 조아……!”

“늦어!”

“꺄아아아아아아아아악!”

특기인 염열계 마술이 봉인된 리디아는 다른 주문으로 대항하려 했으나 그보다 먼저 빗발처럼 쏟아진 폭염, 눈보라, 전격이 그녀의 몸을 두들겼다.

염열계 주문의 봉쇄. 8대 1이라는 상황.

마술을 쓰는 왼팔에 입은 심각한 부상.

그 모든 것이 리디아에게 불리하기 짝이 없는 조건이었다.

“쿨럭! 《창은의 빙정이여·겨울의 원무곡을……!”

“내가 막겠어! 《울부짖으라 불꽃 사자여》!”

“《풍왕의 검이여》!”

필사적으로 저항하는 리디아를 폭염이 후려치고 진공의 칼날이 난도질했다.

그리고 뒤로 날아가는 그녀를 추격하는 무자비한 주문의 폭풍.

“으, 으아아아아아아아아앗?!”

조금씩, 아주 조금씩.

언니가 부서져가고 있었다.

천천히, 잔혹하게, 확실히, 가차없이.

“……아앗! 언니…… 리디아 언니……!”

이브는 그렇게 일방적으로 유린당하는 언니의 모습을 지켜보고 있을 수밖에 없었다.

아무리 체내 마력을 순환시켜서 방어력을 올렸다해도 이미 리디아는 언제 숨이 끊어져도 이상하지 않은 상태였다.

하지만 쓰러지지 않았다.

그녀는 결코 물러서지 않았다.

"……원무곡을 연주해·정적을 바쳐라》!"

항상 이브의 앞을 가로막고 선 채 필사적으로 주문을 쏟아냈다.

하지만 최후의 승부수였던 냉동 레이저는 누군가가 펼친 마력 장벽 앞에 허무하게 가로막히고 말았다.

"끈질기네 진짜! 이제 좀 죽어! 《빙랑의 조아여》!"

"……?!"

【아이스 블리자드】의 냉기와 고드름이 온 몸을 두들기는 와중에도 리디아는 그 얼음 폭풍이 동생에게 닿지 않도록 자신의 몸을 방패삼아 막았다.

"언니…… 제발, 이제 그만해요! 언니……!"

이브는 울면서 끊임없이 애원했다.

하지만 리디아는 단 한 걸음도 물러서지 않고 계속 그녀를 지키려 했다.

그리고…….

——.

"이제 겨우 끝난 건가. 제법 오래 버텼군."

"……."

결국 힘이 다한 리디아는 이브의 앞에서 무릎을 꿇은 채 힘없이 고개를 떨구었다.

수없이 많은 어설트 스펠을 받아낸 그녀는 보기에도 처참한 몰골이었다.

의식은 이미 날아갔는지 꿈적도 하지 않았다.

"흑…… 흐흑…… 어, 언니…… 언, 니……."

언니의 그런 애처로운 모습에 이브는 흐느껴 울 수밖에 없었다.

"자, 애피타이저가 예상보다 길어졌지만…… 슬슬 복수를 시작해보실까."

리저프는 주위의 마도사들에게 눈짓을 하며 선언했다.

"리디아는 여기서 더 건드렸다간 죽어버릴 테니…… 역시 이브부터 시작해야겠군."

"훗! 드디어……! 참 오래 걸렸어……."

"아아, 이걸로 마침내…… 마침내 그이의 원수를 갚을 수 있어!"

"이그나이트 놈들……! 우리의 원한을 깨닫게 해주마!"

그런 마도사들의 대화를 이브는 멍하니 흘려듣고 있었다.

왠지 이젠 다른 세상에서 일어나는 일처럼 느껴졌다.

'……이젠 아무래도 좋아. 전부…….'

현재 이브의 마음을 지배하고 있는 건 지독한 절망이었다.

이제 자신과 언니는 인간으로서의 삶에 『종지부』를 찍으리라.

지금부터 무척이나 꼴사납고, 비참하고, 애처로운 말로를 걷게 되리라.

'……돌이켜 보면 정말 시시한 인생이었지. ……어머니를 죽게 만들고, 언니의 인생을 망치고…… 이건 진짜 완전히 역병신(疫病神)이잖아…….'

난 대체 뭘 위해서 태어났던 것일까.

하지만 이젠 아무래도 상관없었다.

생각하는 것조차 지겨웠다.

'하다못해 언니에게 심한 짓은 하지 말아줘. 내가 전부 대신할게. 그러니…….'

그런 허무한 소망을 품으며 이브가 마음을 공허하게 물들이려 한 바로 그때였다.

머리에 닿은 부드러운 감촉이 그녀의 의식을 붙들었다.

"……어, 언니?"

반사적으로 고개를 들자 리디아가 떨리는 손으로 자신의 머리를 쓰다듬고 있었다.

"……괜찮……아…… 이브……."

그녀는 피에 물든 얼굴로 미소 지으며 속삭였다.

"넌…… 내가 지켜줄게…… 난 이그나이트……니까……."

혹시 기적일까.

그렇게 말한 리디아가 다시 비틀거리며 일어서자 경계심과 긴장감이 주위로 퍼져나갔다.

저거 혹시 불사신 아냐?

유령처럼 일어선 리디아의 모습을 보고 강하게 동요한 마도사들은 일제히 거리를 벌렸다.

"……그 상태로 아직도 일어설 수 있다고?"

리저프는 그런 리디아를 빈틈없이 응시했다.

"하지만 무의미해. 지금의 넌 단순한 샌드백이야. 그저 두들겨 맞으려고 다시 일어선 것에 불과해."

그렇다. 아무것도 두려워 할 필요 없었다.

여유를 되찾은 마도사들이 리디아를 비웃었지만, 그녀는 개의치 않고 이브에게 말을 건넸다.

"있잖아, 이브……."

"……예, 예. 언니……."

"난 있지…… 네가 우리 집에 와줘서…… 정말 기뻤어."

"……예?"

"너에게 그 집은 지옥 같았을지도 모르지만…… 난 네 언니가 될 수 있어서…… 정말 행복했었거든."

이런 상황에서 대체 무슨 말을 하는 것일까.

그녀의 의도를 읽을 수 없었다. 어안이 벙벙했다.

“넌 솔직하지 못하고, 허세가 강하고, 고집쟁이지만, 굉장히 다정한 아이…… 올곧은 마음을 가진 강한 아이야. 내 소중한 동생…… 그러니, 지켜줄게. ……내 모든 것을 걸고서라도. ……그야 난…… 네 언니인걸.”

그리고 비틀거리며 다시 눈앞의 마도사들을 응시했다.

“그래…… 난 지킬 거야. 동생을…… 이브를 지킬 거야! 이제 두 번 다시는 동생을 잃지 않겠어! 절대로!”

리디아가 강하게 선언하자—.

화륵!

갑자기 피어오른 불길이 그녀의 몸을 전부 집어삼켰다.

“무슨?!”

리디아가 평소에 다루는 홍련의 불꽃과는 성질이 달랐다.

마치 새하얗게 빛나는 것 같은 눈부신 불꽃이었다.

“말도 안 돼……. 불꽃 마술이 발동했어?! 대체 어떻게!”

리저프는 그 모습에 겁을 집어 먹었다.

“빌어먹을! 대체 어떻게 된 거야! 여기선 염열계 마술이 발동하지 않는 게 아니었냐고!”

“이건…… 궁극적으로 따지면 염열 에너지를 다루는 술식이 아니거든.”

전율하는 그를 향해 리디아는 담담하게 말했다.

시크릿 【대종염(大終炎)(피니스)】. 자신의 영혼을 불사르는 술식이자, 이그나이트 최대의 금주.

자기 자신을 불꽃으로 바꾸는 **최후**의 술식이었다.

"그, 그 마술은?!"

이브가 비명을 질렀다.

"어, 언니! 지금 당장 그걸 멈춰요! 그런 마술을 썼다간 언니가…… 언니가!"

그러자 새하얀 불꽃에 감싸인 리디아는 이브를 돌아보며 살포시 웃었다.

"……이브. 다정한 아이. ……넌 내 자랑이야."

그렇게 말한 리디아의 모습은…….

불꽃을 두른 그 모습은 상상을 초월할 정도로 신성하고 아름다웠다.

그리고 그녀는 공포에 질린 마도사들과 다시 한 번 대치했다.

양팔을 가볍게 펼치면 그 팔에서 날개 같은 불꽃이 전개되었다.

마치 천사의 날개처럼.

"주, 죽여어어어어어어어어어어어어어!"

마도사들은 그런 리디아를 향해 일제히 주문을 영창했다.

폭염, 전격, 냉기. 온갖 파괴적인 주문이 빗발처럼 쏟아졌지만, 그녀의 몸에 닿는 것은 하나도 없었다. 전부 그녀의 불꽃에 닿는 순간 허무하게 사라졌다.

"뭐, 뭐야! 저 마술은! 위험……!"

"후!"

그리고 리디아는 우아하게 팔을 휘둘렀다.

새하얀 일섬. 빠르고 날카롭고 아름다운 불꽃이 공간을 타고 질주했다.

"……아……."

다음 순간, 불꽃에 삼켜진 마도사 한 명이 이 세상에 먼지 한 톨조차 남기지 못한 채 허무하게 소멸했다.

마치 그 존재가 환상이었던 것처럼…….

"아, 아아아앗?! 우와아아아아아아아아아아아아!"

"우, 《울부짖으라 불꽃 사자여》!"

"뇌, 뇌, 《뇌전의 섬창이여》어어어!"

반쯤 광란에 빠진 마도사들이 계속 마술을 퍼부었다.

하지만 역시 닿지 않았다. 전혀 닿지 않았다.

리디아는 팔을 휘둘렀다. 우아하게, 마치 춤추듯.

부드럽게 한 번, 또 한 번 휘두를 때마다 아름답고도 신성한 불꽃이 날개에서 펼쳐지며 한 명, 또 한 명 마도사들을 소멸시켰다.

형세는 완전히 역전되었다.

이브의 눈앞에서 펼쳐지는 이것은 너무나도 일방적인 정화(淨化)극이었다.

"말도 안 돼! 어떻게 이럴 수가 있냐고! 이, 이게 이그나이트라는 건가?! 제길! 제길! 제길제길제기랴아아아아아아알!"

이미 자신의 패배를 깨달은 리저프는 반쯤 미쳐 날뛰며 원한과 증오와 분노를 주위로 쏟아냈다.

"어차피 우린 빼앗기기만 할 뿐인 존재였다는 거야?! 너희가, 너희 이그나이트가 모든 것을…… 우리에게서 모든 것을 빼앗아갔는데도…… 우린 무엇 하나 되찾지 못했건만! 젠장! 빌어먹을! 제기라아아아아아알!"

그리고 리저프는 절망적인 전력차 앞에서 오갈 데 없는 감정을 발산한 후—.

"마을 사람들을 돌려줘! 아버지와 어머니를 돌려달라고오오오오!"

주먹을 세워들고 리디아를 향해 막무가내로 달려들었다.

"미안해. 설령 이그나이트가 지옥에 떨어져야 할 존재라 해도…… 난 동생을…… 이브를 지킬 거야. ……그럼 안녕히."

리디아는 그런 리저프를 맞이하는 것처럼 양팔을 감싸듯 교차시켰다.

"……!"

그러자 바로 코앞까지 다가온 그의 몸을 리디아의 불꽃이 부드럽게 감싸주었다.

그 찰나의 순간, 리저프의 공허한 눈은 대체 무엇을 본 것일까.

"……아…… 아버지…… 어머……."

방울방울 떨어져 내리는 눈물이 단숨에 증발해버리고 리

저프는 그대로 고통을 느낄 새도 없이 이 세상에서 완전히 소멸했다.

정적.

귀가 따가울 정도의 정적.

그 후에 지하실에 남겨진 것은 리디아와 이브뿐이었다.

술자가 사라져서 【스펠 씰】이 풀린 이브는 불꽃 마술로 구속을 풀고 일어나 리디아에게 달려갔다.

"어, 언니……."

이브는 떨리는 목소리로 말했다.

"왜……? 대체 왜 그 『최후의 불꽃』을 쓰신 거죠?!"

"……콜록!"

그 순간, 리디아가 피를 토하며 휘청거렸다.

그런 그녀의 몸을 황급히 받아든 이브는 결국 울음을 참지 못했다.

"으아아아아앙! 이, 이젠 완전히 돌이킬 수 없다구요! 언니가…… 언니가…… 왜 이런 꼴을 당해야 하는 거죠?! 왜 나 같은 애 때문에……!"

"그게…… 내가 옳다고 생각한 길이었으니까……."

힘없이 누운 리디아는 눈물로 젖은 이브의 뺨을 살며시 만지며 속삭였다.

"……이브. 난 알 수 있어. 넌 무척 다정하고…… 타인의 아픔에 공감할 수 있고…… 다른 누군가를 위해 싸울 수 있는 아이……. 너야말로…… 진정한 이그나이트의 계승자라는걸.”

“아, 아니에요! 그럴 리가 없다구요! 언니가 있는데 저 같은 게 감히……!”

그러자 리디아는 슬프게 시선을 내리깔았다.

“아니야. 사실…… 난 이그나이트가 될 자격이…… 없어.”

“……언니?”

“난…… 동생을…… 아리에스를 못 본 척했어. 그때는 아버지가 두려워서…… 난 아무 말도 하지 못했어. ……지켜주지 못했던 거야! 난 그 아이의 언니인데도!”

리디아의 두 눈에서 눈물이 넘쳐흐르기 시작했다.

이브가 이그나이트가에 오기 전에 무슨 일이 있었는지는 알 수 없었다.

다만, 언니가 아리에스라는 동생의 일로 인해 크게 후회하고 있다는 것만은 알 수 있었다.

“그래서 하다못해 속죄의 의미로…… 진정한 이그나이트가 되려고…… 줄곧 노력해왔는데…… 이그나이트를 지키려고…… 내가 옳다고 믿는 길을 걸어가자고……. 그런데…… 하하하, 이젠 무리겠네. 『최후의 불꽃』을 써버렸는걸……. 마술사로서의 난…… 이걸로 끝……. 결국 입만 살았을 뿐 아무것도 이루지 못한…… 정말 쓸모없고 어리석은 언니라…… 미안해…….”

“아니에요! 절대로 아니라구요!”

이브는 힘없이 눈을 감는 리디아의 손을 잡고 필사적으로 호소했다.

"언니는 날 지켜줬잖아요! 구해줬잖아요!"

"……이브?"

"언니는 훌륭한 이그나이트였어요! 그 누구보다 훌륭한 진짜 이그나이트였단 말예요!"

"……하지만…… 난…… 이제……."

"괜찮아요. 이제 저한테 맡기세요! 제가 언니의 뒤를 이을 테니까요!"

"……!"

"제가 언니가 맡겨준 걸 이을 테니……! 제가 언니랑 비슷할 정도로 훌륭한 마술사가 돼서…… 진정한 이그나이트가 될게요! 그러니……!"

"……고마워, 이브. 너에게 맡길게. 내 긍지인 이그나이트의 이름을……."

리디아는 그런 이브에게 눈물이 글썽이는 얼굴로 웃어주었다.

"그래도 잊지 마렴……. 이그나이트가 가리키는 진정한 마도의 길은…… 자신이 옳다고 믿는 길을 걷는 것……. 사실은 있지, 가문 따윈 상관없어. 본인이 어떤 식으로 살아갈지가…… 중요한 거니까. 그걸 부디 잊지 말아줘……."

"응, 응! 알았어요. ……꼭 기억할게요."

"앞으로 널 기다리고 있는 건…… 무척 힘든 여정이겠지만……."

"알고 있어요! 괜찮아요! 전 절대로 지지 않을 거예요! 언니의 가르침을…… 잊지 않을 테니…… 그러니……."

그리고 이브와 리디아는 서로를 부둥켜안은 채 하염없이 울었다.

마지막 불꽃을 쓴 부작용으로 리디아는 마술 능력을 완전히 상실하고 말았다.

그리고 이그나이트가는 아주 당연한 듯이 이젠 쓸모가 없다며 그녀를 가문에서 추방했다.

그 후의 행방은 불명.

훗날 이브가 아무리 조사해도 언니의 소식은 찾지 못했다.

아버지에게 물어봐도 마술 능력을 되찾기 위해 어느 법의원에 입원시켰다는 대답만 돌아올 뿐.

그 이상의 정보는 끝까지 알아낼 수 없었다.

그 사건에 관한 것은 전부 사고였다는 형태로 어둠 속에 묻혔다.

그리고 얼마 후 예비였던 이브가 차기 당주로 승격했다.

차기 당주가 된 이브는 한층 더 열심히 노력했다.

언니가 바라던 이그나이트가 되기 위해.

언니의 비원을 성취하기 위해.

언니의 자랑이었던 진정한 이그나이트를 지키기 위해.

다만, 그걸 위해서는 먼저 이그나이트의 당주가 되어야만 했다.

일단 당주가 돼야 가문의 체질 개선과 개혁에도 손을 댈 수 있을 테니까.

다시 말해 아버지의 인정을 받아야 했다. 일족의 인정을 받아야 했다.

그래서 언니를 위해 감정을 죽이고 강철 같은 마음으로 임무에 매진했다.

오로지 공적만을 추구하면서…….

언니가 물려준 것을 지키기 위해, 언니가 물려준 것을 경시하는 자기모순을 견디면서…….

하지만 인간은 나약한 존재였다.

차기 당주로 승격한 이브를 기다리고 있었던 것은 오히려 지금까지가 천국처럼 느껴질 정도로 상상을 초월하는 중책과 중압감이었다.

언니는 줄곧 이런 상황에서 견뎌온 거냐며 경악할 틈조차 없었다.

가혹한 환경에서 임무를 수행하는 가운데, 이브의 마음은 서서히 마모되었다.

눈부셨던 초심은 서서히 퇴색되고 잊혀져갔다.

눈이 핑핑 돌 정도로 분주한 나날 속에서 이브는 점점 언니를 떠올리는 일이 줄어들었고…….

자기도 모르는 사이에 소중한 무언가를 계속 흘려버리고 있었다.

그런 사실을 돌이켜 볼 여유도 없이…….

그리고 마지막에 남게 된 것은 타인을 늘 장기말처럼 취급하면서 공적과 효율만을 추구하는 냉혹하고 비정한 강철의 여인.

이브 이그나이트뿐이었다.

——.

"……응?"

문득 정신을 차리고 보니 그곳은 키름 공략을 위한 야영지의 작전 회의용 천막 안이었다.

이브는 테이블에 엎드린 얼굴을 천천히 들어올렸다.

기상 타입 특유의 짙은 안개가 낀 것 같은 의식 속에서 이브는 멍한 얼굴로 조금 전까지의 기억을 되새겼다.

"……꿈? 꿈을 꾼 거야? 내가 울었어? 대체 왜……?"

이브는 자신의 뺨을 타고 흘러내린 차가운 감촉에 놀라며 생각을 정리했다.

'……뭔가 소중한 꿈이었던 것 같은 기분이 들어. 절대로 잊으면 안 되는 내 근원적인 뭔가에 관한 꿈……. 리디아 언

니와 했던 약속의……. 하지만…….'

이브가 강하게 꿈의 내용을 떠올리려고 한 순간, 머릿속에 불현듯 **어떤 기억**이 스쳐 지나갔다.

—흥. 그만큼 총애하던 리디아도 날 실망시키다니.

—이브, 네놈은 그렇게 되지 않도록 『쐐기』를 박아둬야겠군.

—이것으로 넌…….

"……악!"

하지만 날카로운 두통이 찾아온 뒤 꿈의 내용이 완전히 사라졌다.

방금 떠올랐던 기억도 무엇 하나 다시 생각나지 않았다.

"……뭐지? 피곤해서 그런가? 후우……."

한숨을 내쉬고 일어나 회중시계로 지금 시각을 확인했다.

글렌과 대판 싸운 뒤 벌써 세 시간이 지났다.

이렇게 오랫동안 무방비하게 의식을 놓고 있었던 건 긴장이 풀어진 증거라며 이브가 자기 반성을 시작한 순간—.

"……저기, 이브."

"……!"

글렌이 천막 입구를 열고 안으로 들어왔다.

그리고 뒤에서 알베르트와 세라도 따라왔다.

"……왜?"

이브가 시선을 피하며 퉁명스럽게 대응했지만 글렌은 개의치 않고 그녀를 똑바로 바라보았다.

“조금 전엔 울컥해서 화를 내버렸는데…… 다시 한 번 작전을 재고해줄 순 없을까?”

“…….”

“나도 알아. ……네 작전이 가장 확실하고 안전하다는 건. 아군의 손해까지 고려하면…… 최선이라는 건.”

“…….”

“하지만 난 아직 포기 못 하겠어. ……뭔가 다른 방법이 있을 것 같아. 넌 아니꼽고 싫은 여자지만, 천재야. 그런 너라면 뭔가 찾을 수 있지 않을까? 안 그래?”

“…….”

“내 생각만 강요하는 것 같지만…… 난 이런 세상이기에 더더욱 조금이라도 자신이 옳다고 믿는 것을 위해 싸우고 싶거든. ……이렇게 꼭 좀 부탁할게.”

그리고 이브에게 고개를 숙였다.

“…….”

—난…… 내가 옳다고 믿는 걸 위해 싸울 거야.

—난, 이그나이트니까…….

“……흥, 알았어. 이번만…… 다시 생각해볼게.”

그러자 이브는 코웃음을 치더니 짜증스러운 목소리로 수락했다.

"엥?"

놀란 건 당사자인 글렌이었다.

그건 뒤에 있는 둘도 마찬가지였는지 세라는 눈을 깜빡였고 알베르트는 표정 자체는 그대로였지만 눈을 살짝 가늘게 떴다.

"……뭐야? 그 반응은."

"아니, 내가 말하기도 좀 그렇지만, 네가 의견을 굽힐 줄은 상상도 못 해서…… 대체 무슨 바람이 분 거야?"

"흥, 시끄러워. 그걸 내가 어떻게 알아."

이브는 불쾌한 표정을 지었다.

"……그냥 어쨰선지 갑자기 그럴 마음이 든 것뿐이야. ……불만 있어?"

"아, 아니……."

당황하는 글렌을 무시한 이브는 상쾌하게 머리카락을 쓸어 올리며 자리에서 일어났다. 그리고 테이블 위에 펼친 전략 지도에 양손을 대고 뚫어지게 노려보기 시작했다.

"일단 크리스토프를 다시 불러와. 다시 한 번 처음부터 키름 주변의 지형과 적의 전력을 분석할 거니까. 어쩌면 우리가 놓친, 비집고 들어갈 틈이 있을지도 몰라. 당신들도 척후와 정보 수집에 힘써줘. 이렇게 된 이상 철저하게 할 테니까."

"으, 응……. 알았어. 저기, 이브……?"

"……왜?"

"그 뭐랄까…… 미안. 그리고 고맙다……."

글렌이 사과와 감사의 말을 동시에 전하자 이브는 불쾌한 듯 테이블을 세차게 내리쳤다.

"흥! 난 당신의 상관이거든?! 예전부터 몇 번을 말했지만, 슬슬 경어 좀 써! 그리고 사과할 여유가 있으면 입보다 먼저 손발을 움직이든지! 그렇지 않아도 괜히 일거리만 늘어난 상황이니까!"

"……으, 응."

글렌은 황급히 천막을 빠져나갔다.

그런 두 사람을 지켜본 세라와 알베르트는 서로의 얼굴을 마주보더니 한쪽은 쓴웃음을, 다른 한쪽은 어깨를 으쓱이며 글렌의 뒤를 따라 나갔다.

"……영문을 모르겠다니까 진짜!"

그리고 천막 안에 홀로 남은 이브는 지도를 뚫어지게 노려보고 투덜거렸다.

"왜 저 녀석을 보고 있으면 이렇게 짜증이 나는 걸까?"

하지만 이렇게 언뜻 무모하고 불가능한 일에 힘에 쏟는 건 비효율적인 일인 것 같아도, 조금이라도 더 많은 사람을 구하기 위해 노력하는 것 자체는 의외로 나쁘지 않았다.

그렇게 가슴 속 깊은 곳에 조용히 잠든 빛바랜 사명감과 열기를 깨닫지 못한 채 이브는 새로운 작전을 짜는 것에 전념했다.

《로드 스칼렛》.

그 이름이 짊어진 진정한 의미를 이브가 다시 떠올리려면 아직 조금 더 시간이 필요했다.

■ 작가 후기

안녕하세요, 히츠지 타로입니다.

이번에는 단편집 『변변찮은 마술강사와 추상일지』 6권이 발매되었습니다.

6권까지 나오다니…… 이건 혹시 기적?

편집자님 및 출판 관계자 여러분, 그리고 본편 『금기교전』을 지지해주신 독자 여러분 덕분입니다! 정말 감사합니다!

이야~ 이번에도 다양한 상황의 단편을 잔뜩 담아봤습니다.

요즘 본편은 꽤 진지한 전개이다 보니 오히려 이런 일상 이야기를 가감 없이 표현할 수 있는 단편이 점점 중요한 존재가 되어가는 것 같은 기분도 듭니다.

역시 계속 진지하기만 한 건 피곤하단 말이죠~. 읽는 독자분들도, 그리고 쓰는 작가도요. 그러니 이런 일상 단편은 마음의 오아시스인 셈입니다.(이 작품에 한해선 반드시 마지막에 가서 폭탄이 하나 탑재되지만 말입니다(웃음))

그럼 각 단편의 해설을 시작해보고자 합니다.

○아버님이 보고 계셔

이 시리즈의 히로인 중 한 명인 하얀 고양이, 시스티나의 부모님이 주연인 이야기.

그건 그렇고 사실 라이트 노벨에 등장하는 주인공과 히로인의 부모에게는 어떤 법칙이 존재합니다.

물론 예외도 있지만, 대충 이런↓ 느낌 아닐까요?

A. 부모 중 한 쪽, 혹은 양쪽 이미 고인. 사망률이 이상할 정도로 높다. 주인공과 히로인의 부모라는 설정 자체가 이미 사망 플래그.

B. 운 좋게 살아있는 경우, 모친은 대부분 외모가 이상할 정도로 미인. 아버지는 바보 캐릭터. 그리고 어째선지 대부분 둘 다 해외 출장 등으로 평소에는 집에 없다.

예, 이 시리즈에선 법칙B를 그대로 차용했습니다.

미인에 똑 부러진 타입의 어머니 필리아나 씨와 폭주하는 바보 아버지 레너드 콤비는 등장시킬 때마다 즐겁네요. 물론 이런 아버지가 있다면 싫겠지만요.(웃음)

○무명의 반전 루미아

이 시리즈 최대의 수수께끼 히로인, 남루스의 이야기.

본편에서도 아직 정체가 완전히 밝혀지지 않은 남루스 입니다만, 그런 그녀의 캐릭터성을 좀 더 깊이 파고들기 위해 쓴 이야기였을 텐데 대체 왜 이런 전개가……?!

아니, 전 처음부터 남루스를 쿨하고 멋있고 미스테리어스한 히로인으로 설정했을 텐데 말이죠.

그런데 막상 쓰고 보니 점점 이상한 캐릭터가 되어가는 느낌이…… 어라? 쿨하고 미스테리어스한 히로인은 어디로?

대체 이유가 뭐죠? 아마도 이 시대 탓입니다.

○꾀병 간병☆대전쟁

오랜만에 글렌이 글렌다웠던 이야기.

이야~ 본편에서는 정신적으로도 교사로서도 완전히 성장해버렸으니 말이죠. 역시 가끔은 이런 변변찮은 짓도 저질러줘야 한다고 봅니다.

글렌 일행의 진가는 이런 떠들썩한 전개일수록 더 크게 발휘된다고 생각하거든요.

하지만 여자의 간병을 받는 건 분명 남자의 로망이었을 텐데 이 트리오만큼은 절대로 사양하고 싶은 건 어째서일까요. ……나이 탓인가?

○마도탐정 로잘리의 사건부 무모편

그 엉터리 잉여 탐정 로잘리가 다시 등장한 이야기.

어딜 어떻게 봐도 단발성 캐릭터였던 그 로잘리가 설마 이렇게 다시 등장할 줄 누가 알았을까요.
이 뜻밖의 전개에는 저도 굉장히 놀랐습니다!
그건 그렇고 전 이런 나사 빠진 여자애를 쓰는 게 참 좋단 말이죠.
그래서 본인은 완전히 무능하지만, 운만으로 사건을 해결로 이끌고 주위 사람들은 조마조마한 심정으로 지켜보면서 때로는 한숨을 내쉬는, 거기다 귀염성도 추가되면 좋겠지만 그런 걸 거부하는 것이 히츠지 퀄리티.
그래도 전 자중하지 않을 겁니다!

○불꽃의 계승자

이번 특별 단편.
본편에서도 수수께끼의 인기를 자랑하는 늦게 참전한 히로인 이브 이그나이트의 이야기입니다.(아니, 그보다 이 녀석 진짜 왜 이렇게 인기가 많은 거지?(웃음))
엘리트이면서 히스테릭하고 냉혹. 주변 사람들을 자신의 장기말로 보는 전형적인 노처녀 루트 확정의 『싫은 여자』.
본편에선 가문에서 절연당해서 지금은 디스트레라는 성을 쓰고 있지만 혹시 독자 여러분은 눈치 채셨을까요?
가문에서 절연당한 후에도 그녀가 이상할 정도로 이그나이트라는 성에 집착한다는 것을 말입니다.
그렇습니다. 본편에서는 절연당한 후에도 무슨 일이 있을 때마다 그녀는 자신을 이그나이트라고 《로드 스칼렛》이라고 주장하곤 합니다. 그건 대체 어째서일까.

그 대답의 일부를 이번 단편에 수록했습니다.

그녀가 걸어온 길과 인생의 궤적을 꼭 한 번 체험해주시길. 다 읽으신 후에 이브에 관해 뭔가 생각할거리가 마음에 남으셨다면 작가로서 무척 행복할 것 같습니다.

이번에는 여기까지입니다.

부디 앞으로도 이 『변변찮은』 시리즈를 잘 부탁드리겠습니다.

히츠지 타로

■ 역자 후기

이번에도 하고 싶었던 이야기를 작가님께서 후기에서 전부 쓰셔서 뭘 써야 좋을지 고민하는 역자입니다.

그렇게 한참 고민한 끝에 떠오른 건 아무래도 역시 이 작품의 제2회 캐릭터 인기투표였습니다. 작가님을 무척 당혹스럽게 한 대망의 1위는 다름 아닌 이브 이그나이트 양. 아마 지난 후기들을 쭉 읽어본 분들은 아시겠지만, 작품 내외적으로 참 우여곡절이 많은 캐릭터였죠. 그래서 작가님도 설마 이렇게까지 인기가 생길 줄 전혀 예상하지 못하신 듯한데…… 솔직히 개인적으로는 납득이 가는 순위였습니다. 매력 있잖아요. 이브.(웃음)
그리고 아마 다른 히로인들에 비해 글렌과는 여러모로 대등한 포지션이라는 점. 그래서 글렌과의 케미가 좋다는 점 등이 가점 요인이 되지 않았나 싶습니다.

그럼 아마 다음 권이 될 본편 17권에서도 뵐 수 있기를 바라며 이만 짧은 후기를 마치겠습니다.

초출(初出)

아버지가 보고 계셔

Father Watches Over Us

드래곤 매거진 2018년 3월호

무명의 반전 루미아

Rumia and the Nameless Reversal

드래곤 매거진 2018년 7월호

꾀병 간병☆대전쟁

A Totally Sick Struggle

드래곤 매거진 2018년 9월호

마도탐정 로잘리의 사건부 무모편

The Case Files of Magic Detective Rosalie

드래곤 매거진 2018년 11월호

불꽃의 계승자

Inheritor of the Flame

특별 단편

Memory records of bastard
magic instructor

변변찮은 마술강사와 추상일지 6

초판 1쇄 발행 2020년 12월 10일

지은이_ Taro Hitsuji
일러스트_ Kurone Mishima
옮긴이_ 최승원

발행인_ 신현호
편집부장_ 윤영천
편집진행_ 김기준 · 김승신 · 원현선 · 권세라 · 유재슬
편집디자인_ 양우연
국제업무_ 정아라 · 전은지
관리 · 영업_ 김민원 · 조은걸 · 조인희

펴낸곳_ (주)디앤씨미디어
등록_ 2002년 4월 25일 제20-260호
주소_ 서울시 구로구 디지털로 26길 111 JnK디지털타워 503호
전화_ 02-333-2513(대표)
팩시밀리_ 02-333-2514
이메일_ lnovelpiya@naver.com
L노벨 공식 카페_ http://cafe.naver.com/lnovel11

ROKUDENASHI MAJUTSUKOSHI TO MEMORY RECORDS Vol.6

First published in Japan in 2020 by KADOKAWA CORPORATION, Tokyo.
Korean translation rights arranged with KADOKAWA CORPORATION, Tokyo.

ISBN 979-11-278-5765-3 04830
ISBN 979-11-278-4161-4 (세트)

값 7,800원